W0218099

MADE IN EUROPE

Palais de verre

De la même autrice

Alors Carcasse, Cheyne éditeur, 2011
Nous les vagues suivi des *Célébrations,* Quartett, 2011
Prodiges®, Quartett, 2012
Les Feux de poitrine, Quartett, 2015
Les Chemins contraires, Cheyne éditeur, 2016
Zone à étendre, Quartett, 2018
Les Hérétiques, Quartett, 2018
Les Désordres imaginaires, Quartett, 2020
Ultramarins, Quidam éditeur, 2021 ; pour l'édition de poche, 2024
Impeccable, Quartett, 2022

Mariette Navarro

Palais de verre

Quidam éditeur

Palais de verre
© Quidam éditeur, 2024
Première édition

ISBN : 978-2-37491-381-0 / ISSN : 1779-7888
Dépôt légal : août 2024

www.quidamediteur.com
Diffusion-distribution : Harmonia Mundi *livre*

Conception graphique : Hugues Vollant
Illustration : Jeanne Vidal
Mise en pages : Atlant' Communication
Le logo est de Moebius que nous remercions
de sa générosité spontanée.

Je n'adhère plus.

Il y a peut-être eu une inversion des pôles magnétiques, mais tout ce avec quoi je faisais corps jusqu'à présent, voici que je m'en éloigne. Je n'ai pas tourné le dos, claqué des portes, réglé des comptes, ni accusé qui que ce soit. Je n'ai pas eu besoin de déchirer, de rompre, d'argumenter, de convaincre. Un espace s'est installé de lui-même, une distance qui a découpé chaque chose sur le fond du ciel et l'a recollée plus loin, différemment.

Je ne colle plus à rien.

Je suis détourée, glissée, d'une situation à l'autre. Ce qui m'entoure est une série d'aplats, de couleurs juxtaposées. C'est comme si je n'avais plus ma place sur la surface bien agencée des lignes et des formes. Je me suis détachée sans bruit.

J'ai beaucoup œuvré pour en arriver là : un travail invisible et secret. J'ai planté des points d'interrogation à l'intérieur de chaque évidence.

Ce n'est pas une défaite.

Ce n'est pas rien de retrouver sa peau libre de tout contact et de tout prolongement. Ce froid vif, qui siffle contre moi, il est net, comme le début de quelque chose.

Hier, ou avant-hier, je tenais à ce qui m'entourait par toutes sortes d'habitudes, de croyances et d'envies. Aujourd'hui je flotte, dans une légèreté nouvelle.

Une vague fatigue pourrait laisser penser qu'il y a eu un combat, mais ce n'est pas le cas. Je ne me rappelle ni sanglot ni larme. Je ne veux pas me souvenir de celle qui s'agitait pour conquérir une place, garder une place, avoir la légitimité d'une place, pour rendre crédible cette place aux yeux des autres. J'étais liée à l'effervescence du monde, parfois je me pliais jusqu'à rompre, pour toujours coller à toute attente.

Maintenant je ne veux plus coller.

Je le redis : il n'y a eu ni bataille ni camp retranché.

C'est le contraire d'un retranchement, un *détranchement* peut-être, un débranchement, un détour par l'extérieur.

Je ne sais pas si, quelque part, on prononce encore mon nom : Claire.

Comme si j'allais répondre.

On dirait que je ne colle même plus à mon nom.

Je fais l'expérience de mon nouveau point de vue. De l'incongruité de ma nouvelle place dans le flux de la ville et sur le toit de cet immeuble.

À la tombée du jour, j'imagine qu'on me distingue mal. Pourtant je ne suis cachée par aucune ombre, perdue dans aucune foule.

Je surplombe, pour la première fois, la plupart des immeubles du quartier, et il faudrait être au moins à ma hauteur pour me regarder vraiment. Je suis soulagée que personne ne le puisse.

D'une tête, je dépasse la cheminée, découvrant par la même occasion qu'il y a, en haut des bâtiments vitrés, des conduits débouchant vers le ciel, presque émouvants d'archaïsme.

J'examine chaque courant d'air. Jamais je n'ai été dehors aussi longtemps sans envisager de rentrer au chaud. Pour rester sur le toit, en ce début de printemps, il faudrait que j'aie au moins une veste ou un prétexte.

Je ne suis pas détachée de mes sensations. Simplement de leur importance.

Je fais quelques pas. C'est stable malgré le vent, on dirait, de se découper sur le ciel.

D'ici, je peux accrocher mes yeux aux différentes nuances de verts, depuis les feuillages juste en dessous jusqu'aux bandes presque jaunes à la sortie de la dernière banlieue. Quand le soleil se fatigue de faire briller les toits, il se concentre sur cette ceinture là-bas, après les étendues de tôle, qui entoure les immeubles sans avoir la prétention de se faire passer pour la campagne. Une terre d'accueil pour les champs de voitures mortes et les aéroports.

Je n'ai pas besoin de plisser les yeux pour en voir les détails. Je les sais, de mémoire.

C'est là que je suis née.

À intervalles réguliers, les rues engorgées, les carrefours stratégiques et l'entrée des périphériques se donnent des airs de pulsation cardiaque. Mais le sang est noir, de la ville qui se croyait saine.

Je reconnais ce qui était déjà là, un paysage que je voyais chaque jour, mais que je n'avais pas pris le temps de lire.

Quelques mètres au-dessous de moi, une cacophonie d'oiseaux, dans des arbres auxquels je ne prêtais pas plus d'attention qu'à des poteaux indicateurs. Je me souviens seulement de cette branche qui dépassait nettement d'un tronc et dont je m'étonnais régulièrement qu'elle ne soit pas encore coupée. Une main tendue vers un chemin de traverse, du côté des voitures de service.

Ma présence suspendue ne changera pas l'organisation du pays, ne fera rien revenir en arrière, et ne sculptera l'univers en aucune façon.

Mais je ne m'excuserai pas d'être montée ici.

Le dégagement me repose.

Être assise en tailleur, sur ce morceau de terrasse goudronnée, sans même l'alibi d'une cigarette, on pourrait croire que c'est une façon de revenir à l'attitude de l'enfant patiente, devant qui se déroulera bientôt le spectacle de ce qu'il faut savoir.

JAMAIS PLUS JE NE LAISSERAI QUELQU'UN ME FAIRE LE SPECTACLE DE CE QU'IL FAUT SAVOIR.
JAMAIS PLUS JE N'ÉCOUTERAI LE CONTE SEMPITERNEL DE NOTRE MONDE, LE RÉCIT RAISONNABLE.

C'est la première fois que je me trouve sur le toit. Il n'est pas fait pour qu'on y monte : pas de traces de soirées clandestines à la tombée du jour pour y échanger les remontants d'usage, et se croire les rois de la ville et du monde. Ici, pas de divan où délasser les corps parfaits comme au bord des vastes piscines. Aucune cachette, aucun paradis réservé.

Je chasse de mon imagination les hurlements triomphants, les bras virils certains de posséder le quartier, les tractations lascives dans la demi-obscurité.

J'apprécie qu'il n'y ait que le béton comme canapé d'accueil. Et les oiseaux, outrés que je me tienne à leur place.

Il y a quelques mois encore, j'aurais été incapable de monter sur ce toit sans rambarde. Avant d'empoigner l'échelle qui ne sert qu'aux pompiers, j'aurais vu la bourrasque m'emporter. J'aurais eu le pressentiment du déséquilibre et le cœur qui s'emballe, puis j'aurais repris une trajectoire connue en m'appuyant contre le mur du couloir pour retrouver mon souffle.

Mais cet après-midi, je n'ai pas eu beaucoup le temps de réfléchir. Quand j'ai aperçu la trappe ouverte, j'ai été parcourue d'un ricanement mi-nerveux mi-libre, encore coincé entre le dedans et le dehors, et je suis devenue, d'un seul coup, un petit animal fiévreux dont les capacités physiques se sont concentrées dans les bras, les jambes, et le thorax.

Sans hésiter, j'ai grimpé à l'échelle, poussé le battant, appuyé les genoux sur le bord, un peu vexée de ne plus posséder ma souplesse d'enfant. Je me suis hissée à la force des bras, et je me suis assise. Je suis restée plusieurs minutes dans cette position d'arrivée, avant d'avoir l'idée de bouger, et de regarder le ciel. Mon corps a exécuté ce que ma pensée s'était entraînée à faire depuis quelque temps : passer par les lucarnes.

Je ne sais pas comment marcher le long des précipices. Je ne suis pas faite pour le risque des toitures et des falaises. Je tremble au moindre vent.

Qu'a fait mon corps, depuis des années, sinon remplir le mieux possible des pantalons taillés selon la mode du moment ? Parfois, j'avais envie que mon ventre se grignote lui-même pour ne pas déborder, que mes cuisses se changent en plâtre et se tiennent tranquilles. J'ai eu la chance, au moins, dans ma prime jeunesse, de n'avoir presque aucune poitrine à discipliner, il suffisait de peu – une armature assez solide – pour suggérer une courbe au moment opportun, sans jamais prendre le risque de la provocation. Je pouvais être, selon les besoins, la gamine dont on n'a rien à craindre ou la femme disponible à l'attraction des peaux.

Du nez, je cherche la surface. La pellicule d'air respirable. Depuis quand ai-je oublié de gonfler mes poumons, de souffler et de ne rien faire d'autre en même temps ? Comment avoir pu croire qu'il y a plus important que de s'occuper de l'air que l'on respire ?

Je ne comprends rien encore à cet air-là, à sa composition intime, mais bientôt je saurai lire ce qui l'agite et le constitue.

Je sursaute toujours au moindre bruit, comme si quelqu'un allait poser sa main sur moi, me prendre par l'épaule, me demander quelque chose. Mais ici, on ne me touchera pas.

Au départ, entrer dans cette institution, c'était pourtant tout ce dont je rêvais. Je n'imaginais pas qu'on puisse faire autre chose de sa vie. Chaque jour j'y frôlais le pouvoir et le prestige, passais douze heures de ma journée à parler *projets* et *visions*, à faire progresser des constructions mentales qui n'étaient pas les miennes, mais dont j'étais persuadée du bien-fondé.

D'une entité supérieure, appelée *politique*, parvenaient de grandes idées plus ou moins floues, et des objectifs chiffrés que nous devions faire tenir ensemble.

J'ai été capable, dans la limite de ce numéro d'équilibriste, de me mettre au service de n'importe quel sujet, dès lors qu'il était du côté de l'air du temps et de la bonne conscience. Je savais faire tenir debout les idées les plus étranges. Je connaissais les outils. J'ai imaginé qu'ils pouvaient, si je poussais un peu le zèle, commencer à transformer le monde. J'ai pensé qu'il fallait être sans relâche le carburant pour que tout fonctionne. J'ai été un parfait rouage, enthousiaste et ambitieux.

J'ai cru ces affaires si importantes que j'ai continué en permanence la liste mentale des choses à accomplir, j'y ai même ajouté des actions pour le plaisir de les avoir rayées à la fin de la journée. Dans les moments de loisir, je pianotais pour envoyer un peu de moi ailleurs, sous forme de notification. Il me fallait exister dans les pensées des autres et imposer une vision du monde correcte et pondérée, dont j'estimais qu'elle était la seule à mériter d'être partagée.

J'étais fière d'être du bon côté des digicodes et d'emprunter des ascenseurs pour *monter*, d'une pièce à l'autre toujours plus lumineuse.

J'ai adhéré à tout, trop vite et trop bien. Pleine du désir de me fondre dans le milieu.

J'ai su, dès le début de mes études, qu'il y avait un niveau de conversation réservé aux initiés. Il fallait avoir été dans les bons cercles, les bonnes soirées, à la naissance d'une plaisanterie très privée, très interdite aux autres.

Je comprenais les demi-mots, coupais les cheveux en quatre, déshabillais chaque geste, chaque allusion, à l'écoute des vibrations, des infrabasses, décortiquais les mutismes, savais l'art des dialogues codés, l'art de parler de quelqu'un sans jamais le nommer.

J'ai aimé faire partie du cercle éclairé, rire sous cape, rejoindre le grand corps du groupe, du clan, de la meute, et, comme j'étais habile, j'ai même navigué mieux que les autres du côté caché du réel. J'ai su m'adresser à chacun selon ses opinions et sa puissance. Je n'étais pas de celles qui craquent au bout de trois mois, ces *petites collègues* que j'ai à peine le temps de rencontrer et qui disparaissent, du jour au lendemain, après être sorties en larmes d'un bureau.

J'ai appris à sourire avec les dents des autres.

Le grand portail de l'âge adulte m'a été ouvert sous forme d'encouragements, de mérite, de bourses d'études en bonnes occasions.

Tout à la joie d'avoir trouvé l'entrée, pleine du désir d'accéder au cœur des choses, j'en ai embrassé chaque dimension. Je voyais des signes dans les organigrammes, pensais qu'il y pulsait une vie magique et merveilleuse.

Après l'éclatante réussite de mon cursus et l'obtention de mes diplômes, j'ai accepté un poste fait pour moi : pas de raison de se tromper quand on a commencé du bon pied le parcours d'orientation. Rien n'est plus balisé que le terrain des possibles.

Même si, le terrain, je ne le connaissais pas par avance. Je n'en savais même pas le nom. Il n'apparaissait sur aucune des cartes qu'on m'avait mises entre les mains à l'école ou au collège. Il fallait chercher un peu plus loin que le bord du plan, là où mon doigt, en traçant la route, rencontrait la table.

Je me souviens avoir laissé ma famille à l'orée du voyage. Légèrement inquiets, mes parents m'ont regardée partir dans le dédale des sigles inconnus, des suites de lettres dont jamais, à eux, ne serait révélé le sens exact.

Aujourd'hui, je ne sais même plus comment le premier seuil a pu être franchi. Je n'avais aucune idée de l'existence de seuils, de mondes prolongeant mon monde. Je croyais me laisser porter par mes envies et mes facilités. J'avais une idée précise de mes forces, de mes capacités. De ma souplesse.

MAINTENANT JE VOUDRAIS LA MER SOUS UN SOLEIL DE PLOMB, SA CHALEUR BRUTALE.

Je comprends que le ciment ne sera pas un allié plus longtemps et, qu'au lieu de me faire une plage, il va jouer les banquises pour voir qui de nous deux est le plus déterminé.

J'ai laissé mon blouson sur le dos de ma chaise, dans la salle de réunion. Ce n'est pas maintenant que je vais le récupérer.

Je comprends d'un coup le sens de ces consignes qui nous disent qu'en cas d'urgence il ne sert à rien de prendre ses bagages avec soi.

Le froid gagne, je tente des mouvements. Je me souviens qu'il faut maintenir constante la température du corps. C'est au fond le seul travail qui devrait occuper nos vies. Ce n'est pas un cadeau d'être des créatures au sang si chaud : je remue les bras, frotte les mains l'une contre l'autre.

Je me mets debout. Je me cherche un rythme.

Je commence par faire quelques pas. Ici ou là, je dois enjamber des tas de feuilles, des morceaux de plastique, qu'on ne s'est jamais donné la peine de venir enlever.

À petites foulées, ensuite, je tourne en rond au milieu de la terrasse carrée, puis j'introduis de la rupture. Je chasse les fourmis dans mes jambes.

Les talons de mes bottines me gênent, elles m'obligent à me tenir sur la pointe des pieds comme si, en les portant, il fallait que je m'excuse, fasse le moins de bruit possible. Alors je les enlève.

Je n'ai jamais couru plus de quelques dizaines de mètres. J'ai cultivé très tôt une détestation du sport et de la performance. Je ne sais bouger que sur les musiques qui me parviennent des temps lointains d'enfance et d'adolescence. Mais, ici, j'apprivoise mon essoufflement, la brûlure dans mes poumons. Je crache.

Je me mets en tête de découvrir si je peux bouger jusqu'à l'excès, jusqu'à la fièvre, jusqu'à ce que mon corps se débarrasse en suant de tout ce qui obstruait ma respiration et ma conscience. J'accélère encore. Je suis une silhouette dont on ne peut plus arrêter les contours.

Je n'ai pas peur que, de loin, on me prenne pour un animal étrange. Je ne cherche plus à rendre fluides mes foulées lourdes et irrégulières. Mes chaussettes amortissent un peu les frottements contre le béton. Ensuite, il faut croire que mes pieds s'habituent aux écorchures.

À force de repasser dans mes propres pas, je dessine la fondation imaginaire d'une cathédrale, ou d'une cabane.

C'est un message, peut-être, que j'écris pour qui volerait au-dessus de moi. Un portrait, sous la forme d'un virage.

Il y a des sauts maintenant dans ma course d'animal. De grandes ouvertures de cuisses et d'aisselles. Je continue à chasser le froid. Je laisse venir des pulsations plus fortes. Je lance les bras d'un côté et de l'autre. Je n'ai jamais bougé aussi amplement, aussi longtemps. Le rythme de la marche, je le connais. Mais je découvre à présent l'électricité dangereuse de la danse.

Ce n'est qu'un début, pourtant.

Un échauffement.

Je convoque les musiques cadencées et les lumières stroboscopiques, et tant pis pour les oiseaux qui tournoient encore bien au-dessus de moi, et ne comprennent rien à tous ces angles que je trace. D'un coup d'aile, ils glissent, je leur réponds par mes coudes dépliés, pliés. Je leur apprends un langage de brisure.

Régulièrement je m'arrête. Je reprends mon souffle.

Je n'ai plus besoin, ici, de passer mes doigts sous mes talons pour en enlever les poussières : je me fais une nouvelle semelle avec le sable et les brindilles qui ont réussi à voler jusque-là.

J'écarte les bras, et cela vaut comme acte de propriété, comme acte d'autorité de liberté de bravoure. Je pourrais planter un drapeau à cet endroit, pour qu'il ne soit vu par personne, comme ces marques de l'humanité abandonnées sur la Lune. Je planterais une bannière aux mâchoires serrées à la langue ravalée aux couleurs invisibles. Tout juste utile à donner des claques au vent.

JE VEUX ÊTRE TOUT ENTIÈRE
DANS LA VIOLENCE DE CETTE CLAQUE.

Je regarde au-dessus de moi. Le ciel est encore clair. Bien sûr que je ne verrai pas d'étoiles. Mais j'imagine un instant que je pourrai, au moins, deviner leurs vibrations.

En reprenant ma course, je comprends que l'air, ici, n'est arrêté par rien. Il n'est plus découpé, compartimenté par rien. Il circule, à cette altitude, complètement indifférent à l'organisation des rues et des architectures. Il n'est plus contraint par les passages étroits entre deux immeubles, il n'a pas à se soucier de l'existence d'une capitale des êtres humains. Il a pu faire, peut-être, un tour ou deux de planète sans rencontrer d'autre obstacle qu'une montagne ou une masse d'air en sens inverse, autour de laquelle il s'est enroulé. À peine essoufflé, il s'est transformé dix fois, chargé d'eau puis sec comme l'été, et il est revenu. Il ne ménage et n'aménage rien, il s'en fout, et s'il faut me gifler en retour, me bousculer, il le fera sans rougir.

Je me souviens qu'en arrivant dans ce quartier j'avais d'abord été surprise par l'absence de vent et par l'odeur particulière de cette atmosphère resserrée, et calme. Une odeur métallique et stricte, sans revirements, sans large.

Peut-être que ce n'était pas le vent qui manquait, mais mes trajectoires qui s'en tenaient trop abritées.

À force de courir, de danser dans la course, j'élargis le cercle, comme si j'avais le pouvoir d'agrandir la terrasse tout entière. Je me fais un stade sans spectateurs, une piste plus dangereuse à mesure que je me rapproche des limites du toit. Je dois mesurer mon élan, mesurer la rage qui me pousse à courir. Quelques pas de trop, et ce serait la chute. Impossible de savoir alors si j'écarterais les bras ou me roulerais en boule comme dans les premiers jours de vie.

Je ne crains rien. Je ne laisse aucune force m'envoyer dans les airs. Mon cercle est précis. J'ai les joues rouges, et l'envie d'arracher ma chemise, d'être saisie par la froideur des bourrasques.

Lorsque je suis à bout de souffle, je resserre mon tracé, jusqu'à revenir tout au bord de la cheminée.

J'ai dessiné ma place.

De nouveau, je m'assieds, de mes bras m'entoure les genoux, essuie contre eux la sueur de mon front. Je ferme les yeux le temps que la terrasse s'arrête de tourner. Je laisse le tambour de mon ventre terminer son morceau.

Commence alors le face-à-face avec le ciel qui enveloppe la ville. Je sais qu'il ne restera pas rose éternellement, avec son ballet mignon de petits nuages. J'attends qu'il capitule, se couvre d'orange, de gris, puis de bleu sombre.

J'attends la pluie, l'humidité de l'aube, et quand le temps n'aura plus d'armes à diriger contre moi je redescendrai.

Il y a sans doute longtemps que la silhouette de Claire se détachait, seulement nos yeux ne savaient pas la voir : on prend les zones de flou pour des problèmes d'âge et de vue, on fait refaire ses lunettes, on ne vérifie pas chaque matin qui flotte ou ne flotte plus juste devant le réel.

On sait pourtant qu'il se cache parmi nous des créatures étonnantes. Secrètes. Hybrides. Dans nos fêtes, dans nos bureaux, dans nos quartiers les mieux gardés. Même dans nos évidences. Dans nos connivences, dans les exclamations partagées : il y en a qui serrent les dents, chaque muscle contracté sous l'apparence discrète de la neutralité.

Il y a toujours celui qui a enjambé une barrière interdite pour être là, celle qui a été propulsée ici et qui n'a pas encore eu le temps de comprendre pourquoi. Il met toute son énergie à se faire oublier, elle met toute son énergie à briller, avec grand naturel. Il n'est jamais tout à fait là quand on lui parle. Elle voudrait partir en courant dès qu'elle a ouvert la bouche, immédiatement couverte par la honte d'avoir dit « je ».

Nous oublions parfois de les compter dans la liste des invités. La plupart du temps, nous corrigeons notre erreur :

pure étourderie, les préoccupations du moment, vous comprenez ?

Quelle importance ? On ne peut pas être ami avec tout le monde.

Mais regardez bien.

Il se peut que vous soyez aussi fabriqué de ces fuites, de ces trahisons. Il se peut que vous soyez aussi sur le bord de la route, accidenté.

Nous n'avons rien vu la veille ou l'avant-veille. Tout au plus Claire avait-elle cet air un peu absent, un peu buté qui est parfois le sien, pour nous signifier un désaccord sans prendre le risque du conflit. Son buste s'était éloigné de la table de quelques centimètres. Déjà, par ce recul, elle ne faisait plus partie de notre cercle et, sans doute, elle ne nous écoutait plus.

Nous avons continué sans elle, c'est vrai. Nous avons pensé qu'elle s'était sentie mal, qu'elle était rentrée plus tôt, qu'elle serait de retour le lendemain.

Nous n'imaginions pas encore qu'il y avait des trappes comme la sienne, bien cachées dans les plis du réel. On croyait plutôt aux murs et aux couloirs qui nous protègent de l'existence du vertige.

Nous n'avons pas reporté la fin de la réunion.

Depuis une heure, nous notions, sous la dictée, les affirmations de notre nouveau directeur sur les orientations que nous ne comprenions pas, mais qu'il nous faudrait suivre désormais dans les tournures de nos phrases. Claire avait préparé tous les documents requis car, même légèrement détachée, elle continuait à être consciencieuse.

Elle tournait les pages à mesure que les sujets s'enchaînaient, dans l'ordre établi à l'avance, et, au bout d'un moment, nous pourrions le jurer, il y a eu ce soupir non dissimulé qui ne lui ressemblait pas. Puis un autre, et cette façon de se mordre l'intérieur des joues comme si elle allait rire.

Elle s'est levée, et seul l'un d'entre nous s'est dit qu'elle ne collait plus à l'image de cette pièce, de ce couloir, de ces portes.

Le soir, bien sûr, nous avons tous quitté le quartier, exécuté les gestes habituels pour monter dans nos voitures : la portière qu'on ouvre, les sacs qu'on jette sur le siège passager, un rapide regard à soi-même avant de démarrer. Mais en aucun cas vers la façade presque opaque de l'immeuble, ni tout là-haut. Nous n'aimons pas cette heure du jour qui fait ressembler les vitres à des murs ou des menaces.

Les plus pressés se sont engagés dans les premières rues, d'autres ont fait des détours pour éviter les bouchons. Le temps du trajet, l'air concentré, les sourcils froncés, nous avons rejoué la réunion dans nos têtes, arrondissant quelques angles pour nous rassurer.

Jusqu'au seuil de nos maisons, nous travaillons encore.

Non, aucun d'entre nous n'est resté dans le secteur. Il n'y a pas de cinéma, de café, de petit restaurant aux lumières chaudes où tromper sa solitude une heure ou deux, et rire entre amis. Il ne viendrait à l'idée de personne de se donner rendez-vous après la tombée du jour, ici. Personne d'entre nous n'a jamais vu à quoi ressemble le parvis de notre immeuble à quatre heures du matin, même ceux qui, à l'aube, sont les premiers à passer leur badge sur le lecteur pour déverrouiller les portes.

Peut-être craignons-nous de croiser d'autres que nous, l'armée des ombres qui envahit chaque nuit nos postes de travail, dépoussière nos écrans, vide nos poubelles et prend soin de ne rien déplacer, pour que, dès le début de la matinée, nous ayons l'agréable impression de ne pas nous être interrompus, et l'illusion d'être propres.

On ne peut plus qu'imaginer, maintenant, la longue silhouette de Claire. On ne se souvient plus comment elle était habillée. S'il fallait signaler sa disparition et donner une description de sa tenue, nous serions bien embarrassés. Nous dirions qu'elle porte souvent des chemises blanches, des pantalons. Parfois un bijou. Rarement des couleurs.

D'habitude, à cette heure-ci, je rentre chez moi. Je marche jusqu'au métro, ma carte de transport dans une poche, mon trousseau de clés dans l'autre, sans jamais intervertir l'un et l'autre ni l'ordre de mes gestes, sans m'écarter de plus d'un mètre de mon trajet habituel sur les trottoirs. Je traverse au même endroit, en diagonale pour avoir l'impression de gagner du temps, sans fantaisie, sans détour ni curiosité pour les vitrines de ce quartier-là.

Je ne connais rien des rues parallèles. Jamais je ne suis partie en exploration au-delà du restaurant habituel, du supermarché. D'ici, j'aperçois les frondaisons d'un parc. Pas une seule fois il ne m'est venu à l'idée de m'asseoir sur un banc pour y chercher l'ombre ou le repos à la fin d'une journée.

Je trace, dès que je sors, la ligne la plus droite, la plus directe. Les quelques minutes que je sauve par la longueur de mes enjambées sont celles qui, du moins, sont à moi, que je choisisse de les perdre ou d'en faire quelque chose de racontable le lendemain.

Je les remplirai peut-être avec un moment exceptionnel programmé à l'avance, spectacle, cinéma ou soirée avec des amis chers, mais la plupart du temps je les garde suspendues, dans un regard à la fenêtre, dans le silence de mon appartement.

Pour ne pas avoir l'impression de laisser filer entre mes poings serrés tout ce temps qui est le mien et que je ne dois plus à personne, je passe le trajet à lire des brèves d'actualité sur mon téléphone portable, en essayant de tout savoir le plus rapidement possible, en notant les mots-clés qu'il faudra replacer dans les conversations. En devinant quel revirement national ou planétaire aura le plus de conséquences sur mon travail dans les mois qui viennent. Mais, au fond, je mets ma force à ne pas me sentir concernée par le monde autour de moi, consolidant mes barrières, faisant défiler les pages de plus en plus vite, ne lisant bientôt plus rien que les titres, c'est plus prudent, c'est plus rapide, c'est rassurant comme des histoires familières, des tragédies interchangeables.

Quand j'arrive, j'achète quelques fruits pour mon repas, puis je monte au troisième étage et retrouve le réconfort relatif de ce chez-moi récent, bricolé après la fin sans éclat d'un amour essoufflé trop vite.

Je ferme derrière moi, d'un tour de clé j'actionne la croyance que je peux laisser le monde définitivement de l'autre côté de la porte.

Dans un canapé trop neuf, qui m'avait, sur le catalogue, donné l'illusion d'un nouveau départ, je tente chaque soir de ne pas somnoler.

Quand je mets de la musique, il n'est pas impossible qu'un air ou un autre, en me faisant bouger, déplace quelque chose de mon calme et m'aide à retrouver le chemin d'une vitalité cachée. Alors j'écoute en boucle la même chanson jusqu'à rejoindre le gisement dont de trop nombreux éboulements avaient dissimulé l'entrée, mais qui est toujours là, brûlant, à vif.

Je laisse cette lave m'irriguer et m'emballer le cœur, et se réveillent des choses auxquelles je ne pense plus mais qui ne sont pas mortes, il suffit de sentir comme ça palpite sous la poitrine, jusque dans le ventre, intacts, l'amour fou et la piqûre du désir brut, toute la chair ensuite poussée autour pour protéger cette ardeur. De là, il me suffit de fermer les yeux, et tout retrouve son état de présence : les amitiés solaires, les passions fabuleuses, les promesses de ne jamais les laisser s'éteindre.

Je revois la petite équipe que nous formions, collégiens, lycéens, ayant grandi dans les mêmes immeubles, ne sachant rien du monde au-delà de notre colline, mais nous en contentant, dans des foyers dont on parvenait encore à ignorer les drames et les histoires en refermant la porte de nos chambres.

Je revois nos corps serrés sur des lits minuscules, ne connaissant d'état commun que le rire et le jeu, pour remplir absolument notre fin d'enfance de cette joie, avant les arrachements dont nous avions conscience. Nous n'avions aucune autre ambition que de faire durer au maximum l'état de légèreté que nous fabriquions depuis notre rencontre. Nous parlions d'une vie entièrement constituée de possibles dont on ne doutait pas qu'elle serait merveille des merveilles, dans laquelle nous n'avions pas encore croisé la mort, ni même son ombre ni même son nom.

Bien sûr, les possibles de chacun ne se situaient pas au même endroit sur l'échelle des émancipations. Bien sûr, beaucoup de choses étaient déjà jouées, et nos rêves façonnés par le paysage sans grandeur de nos éducations.

Aujourd'hui je m'étonne que nous n'ayons, à ce moment-là, rien eu à revendiquer, rien eu à détruire. C'est après que nous l'avons fait. Chacun à notre mesure.

Toutes les années qui ont suivi n'ont servi qu'à jauger les écarts entre nous, de petits choix en grands virages, non partagés, non compris. Un lent chemin d'éloignement.

Alors, pour conjurer les trahisons – dont mon départ n'a pas été la moindre –, je monte le son de la musique et reprends en pensée les visages aimés dans mes mains.

Mais, quand le téléphone sonne, ce sont mes parents.

Ton père s'inquiète pour toi, dit ma mère. On te trouve un peu pâle. Tu es sûre que tu veux rester là-bas ?

On ne comprend pas ce que tu construis, dit mon père. À part travailler, qu'est-ce que tu fais ? Tu mets de côté ? On aimerait que tu possèdes quelque chose, comme nous. Ça nous a pris du temps, ça n'a pas été facile tous les jours, mais maintenant on t'a toi, et on a l'appartement.

Et ton boulot, au fait, coupe ma mère, on n'est pas sûrs de comprendre. Qu'est-ce tu fais exactement ? Tu ne te laisses pas faire, au moins ? Tu arrives à te faire entendre ? Tu arrives à faire bouger les choses ?

À la télé, ils ont montré le quartier où tu travailles. C'est impressionnant. Tu ne t'es jamais perdue ? On a bien regardé, mais on ne t'a pas vue dans le reportage.

Est-ce qu'il te reste du temps pour rencontrer quelqu'un ?

C'est un choix compliqué d'être seule. Tu vois, moi j'ai ta mère, et elle, elle m'a, moi, dit mon père. On s'apporte ce qu'il faut d'humanité. Amour tendresse engueulades. On n'a plus besoin des autres. C'est reposant. Toi, est-ce que tu vas te suffire ?

Ton père s'inquiète de te savoir si loin, continue ma mère. Tu as quelqu'un, des amis à appeler, là-bas, quand tu as besoin d'aide ? Et s'il t'arrive quelque chose, qui nous préviendra ? On entend de ces histoires. Ces gens seuls. Qu'on retrouve dans leur lit plusieurs mois après leur mort. Ce sont les voisins en général qui. Bref.

Tu te protèges ? dit mon père.

Tu rentres accompagnée, le soir ? On trouve bien que tu sois libre. Mais tu ne voudrais pas installer une alarme ?

Tu as un bon médecin ? Tu manges des légumes frais, tu as un bon marché ?

Tu es heureuse ?

Je sais que c'est un appel à revenir aux sources, alors dès le week-end suivant je me mets en route. Un train, un bus plus tard, je suis toujours en ville (comme on dit je suis toujours en vie), hangars et concessions automobiles, parfois un champ, bordé par une zone commerciale et une zone industrielle. Pas encore le silence.

Je reconnais de loin les immeubles vers lesquels je me dirige, mais ce n'est pas l'arrivée à New York en bateau, là-bas pas de statue pour m'inviter à la grandeur, en brillant dans le soleil couchant.

Une barre à l'abandon, qui sera détruite sous peu, à moins que ça n'ait été fait, en mon absence. Pas de tours de bureaux, même si tout tente quand même de s'élancer vers le ciel. Les affaires se font et se défont au pied des tours, jamais à leur sommet. On les contourne. On ne monte pas dans les tours, on vit caché dans leur ombre.

Je fais rouler mon bagage jusqu'à un plus petit immeuble, en bord de lotissement, entouré par son parking et quelques arbres qui n'ont jamais réussi à dépasser les premiers balcons.

(Il y a des lieux et des moments de vie qui se referment comme des cicatrices, il y en a d'autres qui ne le font jamais. Mes rêves, régulièrement, m'informent qu'un appartement de cet immeuble a donné durablement son empreinte à mes pensées. C'est à partir de là que j'avance et que je vis. Je peux rester plusieurs mois sans y revenir. Je me laisse porter par le flot qui m'en éloigne.

Puis, régulièrement, je nage à contre-courant pour rapporter de la fierté.)

— C'est des nouvelles chaussures ?
— Oui oui.
— C'est du vrai cuir ?
Jamais je n'en donnerai le prix.

Quand je pousse la porte, je sais que suis déshabillée des yeux. Je ne mets pas mes dessous les plus chics de peur qu'on les voie à travers mes vêtements.

Je n'amène pas, chez mes parents, ma veste, mes talons hauts, mes baskets de marque pour le footing que je ne fais jamais.

Je n'amène pas non plus les hommes que je fréquente.

(Être le chat de Schrödinger.
Vouloir exister dans deux mondes qui ne se rencontrent pas.
Vivante ici, morte là.
Puis l'inverse.)

Alors ça y est. J'ai débordé. Je me suis répandue de l'autre côté du vase. J'ai découvert un nouveau décor, une nouvelle matière où poser mes pieds, et prendre forme.

Ce n'est pas une histoire triste.

Ce n'est pas le silence des fantômes.

Et c'est tout le contraire de mourir : c'est la vie possédée de nouveau. D'un glissement.

Il y a quelques heures, à l'étage du dessous, j'ai vu des lèvres s'agiter, et le son ne collait plus au mouvement des bouches. Elles étaient soudain molles et ouvertes pour rien. J'ai pensé que des oiseaux pourraient s'en échapper et se cogner contre les vitres.

Je ne comprenais plus les gestes, les doigts sur les claviers, les agrafes, les notes. Devant moi, les mots se retournaient comme des baudruches éclatées, à peine j'essayais de les approcher. Un homme, je crois, a parlé plus longtemps que les autres, alors j'ai eu ce haut-le-cœur désagréable, cette sorte de rot, et un besoin rapide de sortir.

Depuis quelques changements de direction, je ne comprends plus non plus les visages. Je ne comprends plus qu'on vive autour de moi sans rien modifier aux gestes ni aux visages. Je vois les têtes se pencher pour acquiescer, les sourires ne jamais retomber des mâchoires. Je vois cet air que nous inspirons et que nous recrachons, pour former des mots qui se flétrissent, dès qu'ils sont prononcés, morts aussitôt nés, décrochés, comme de vieilles peaux, de la vérité.

Je ne comprends plus l'énergie des autres corps. Je les vois tourner à vide, et les mêmes actions ne plus produire aucun effet. Je n'accepte plus les urgences et les docilités.

Je me souviens des convictions qui irriguaient chacune de mes journées dans les premières années que je passais ici, chaque dossier à monter était ma bataille personnelle, et je ne connaissais aucun échec. Les mots que j'utilisais avaient la matérialité des pierres, en les lançant devant moi je déplaçais les montagnes.

Ce soir, JE SOUHAITE UN GRAND SILENCE SANS RUMEUR D'AUCUNE SORTE, UN SILENCE MÊME D'OISEAUX ET D'ÉTOILES, UN SILENCE COMME UN GOUFFRE POUR DÉGRINGOLER À L'INTÉRIEUR DE MOI-MÊME JUSQU'AUX PREMIÈRES ABSENCES.

Je ne sais pas pourquoi quelque chose ne s'est pas décollé beaucoup plus tôt, ni ce que j'attendais exactement en refaisant tous les jours le chemin jusqu'ici.

Je ne sais pas pourquoi ça a duré aussi longtemps.

Ce dernier mois, je ne faisais que rester là, à espérer qu'une rupture se produise, à guetter un mouvement auquel j'aurais pu me joindre. Mais il n'y a eu ni mouvement ni étincelle. Juste les nuques penchées chaque jour un peu plus vers le bas.

Maintenant, il faut que je pense à rebours.

Il faut que je me nettoie du bain nauséabond dans lequel j'ai baigné trop longtemps.

Le dos collé au béton de la terrasse, je désapprends les habitudes et les expressions.

Chaque raccourci de logique, je le broie en imagination.

Je visualise l'explosion en vol des théories acquises. Elles ne sont pas si difficiles à faire éclater. Je ne me reconnais plus dans aucune d'elles. Je ne sais plus qui était cette personne qui pérorait, affirmait, s'exclamait avec ma bouche, pensant avoir tout compris, être du bon côté du monde.

J'étais aveugle à l'imbécillité et sourde à la douleur.

J'ai laissé la souffrance me faire une deuxième peau, une carapace invisible et assez peu efficace, en vérité. Une enveloppe tuméfiée et pourtant, de l'extérieur, toujours parfaitement halée, hydratée avec soin, comme doivent l'être les peaux de bonne qualité.

C'était arrivé peu à peu : de plus en plus souvent, quand je sortais de l'ascenseur, je me cognais le pied contre la petite marche. C'était absurde. Ce n'était même pas une marche : un léger décalage de quelques centimètres que personne n'avait jamais remarqué. Mais moi, chaque matin, je m'y cognais. J'ai essayé de porter d'autres genres de chaussures, de varier l'épaisseur du cuir et la couleur des escarpins. Rien n'y faisait. Au point que j'ai maintenant une blessure à l'orteil et que je dois mettre, pour venir au travail, un nouveau pansement tous les jours. J'entrais dans ma journée avec une plaie qui avait l'air de vouloir me dire quelque chose.

Il y avait aussi eu ce choc sur le dos de la main. J'étais emportée dans une phrase, je me mettais à expliquer ma pensée avec de grands gestes, je sentais que j'allais chercher un peu plus loin mon souffle, que je parlais un peu plus fort, avec plus d'assurance. J'ai heurté quelque chose dans l'air. Le coup m'a coupé la parole. J'ai regardé autour de moi, là où mon bras venait de commencer une arabesque : il n'y avait rien.

Personne n'a eu l'air de rien remarquer, on a dû penser que j'avais une absence.

J'ai eu la sensation de m'être cassé quelque chose. Pendant plusieurs heures il y a eu cette douleur lancinante, jusqu'à l'os. Et puis je n'y ai plus pensé.

À partir de ce moment-là, j'ai diminué le volume de ce que je faisais. J'ai arrêté d'être ample.

Plusieurs fois, je suis revenue sur les lieux de cet accident qui n'en était pas un. Ma fracture secrète. Est-ce qu'il y avait des rebords transparents ? Des marches amovibles ? Des obstacles à moi seule réservés contre lesquels je me cognais ?

J'avais l'impression que d'autres avaient eu le plan des labyrinthes dès la naissance quand, moi, j'ignorais même leur existence. C'était comme si, depuis le début, j'avais manqué une donnée essentielle, comme si on avait oublié de m'inviter à la première réunion, celle qui nous donne la résolution des clés et des pièges, d'où, peut-être, on repart avec un très joli dossier cartonné et la liste des réponses à toutes les questions que je n'ai même jamais réussi à formuler.

C'était – je m'en étais convaincue – une façon discrète et codée de me faire comprendre que je n'aurais pas dû m'aventurer aussi loin au cœur de cette ville.

Il se peut que des murs aient toujours été là et, même, que je sois née avec. J'ai dû les transporter, les faire grandir délicatement sans m'en rendre compte, les poser où il convenait de les poser. C'était sûrement eux ces gênes, ces silences. Ces empêchements.

Une autre fois, je venais d'arriver, nous étions installés autour d'une table en verre, mes nouveaux collègues et moi. Un petit dîner informel, *ce sera tout simple.*

Autour de ce genre de table, on ne peut pas cacher ses mains, ses jambes.

Ses chaussures.

Je me demande si je suis la seule à regarder toujours les chaussures que portent les autres, certaine que je me suis encore trompée dans mon propre choix.

Les neuf dixièmes des corps sont légers, habitués à se déplacer, à bouger les mains sans rien faire tinter sur le verre.

L'autre dixième, c'est moi.

Juste avant qu'on apporte les desserts, plusieurs évoquaient les vacances qui approchaient, la maison de leurs parents au bord de l'océan, et énuméraient les prénoms de personnes importantes sans que j'arrive à comprendre de qui il s'agissait. On s'est tourné vers moi pour en savoir plus sur l'étendue de mon *réseau.*

Dans le mouvement de recul que j'ai eu – ou un petit rire –, mon coude a heurté très brutalement quelque chose derrière moi, comme si la table de verre s'était retrouvée dans mon dos, alors qu'elle était là, devant moi, sans aucun doute possible.

La douleur a été si grande que j'ai dû faire une grimace, au lieu de répondre.

On s'est désintéressé de moi, le gâteau arrivait, décoré, magnifique.

Beaucoup plus présentable que le dessert que j'avais apporté.
J'avais mal, mais j'étais
INSOUPÇONNABLE.

J'ai juré que, plus jamais, je ne laisserais un geste me trahir. J'ai mis mon corps entier sous contrôle. Je me suis donné pour défi de maîtriser chaque mouvement de mes cils.

Je continuais pourtant à jouer le jeu *after work*. Dans les sorties entre collègues. Après le travail, pour moi c'était encore plus de travail, la détente plus codée que les journées de bureau où j'avais du moins, pour moi, mes habitudes et ma compétence. Dans l'enchaînement des tâches à accomplir je finissais par craindre un peu moins le faux pas.

After work, tenue sexy exigée, clinquant sobre chic excentrique, près du corps jamais vulgaire, tissu souple, transparences jamais vulgaires, montrer un peu de cuisse juste ce qu'il faut jamais vulgaire, maquillage discret jamais vulgaire, carte bleue dégainée jamais vulgaire, main du collègue au cul jamais vulgaire. Une formalité.

Combien d'heures de concentration extrême devant le miroir pour que ça se termine chaque fois par le dernier cocktail à la mode me retournant l'estomac, par la bave du collègue dans mon cou ?

De temps en temps, l'un d'eux réussissait à m'offrir un dernier verre chez lui – garçonnière de beaux quartiers meublée avec distinction –, avec son souffle alcoolisé à me susurrer dans l'oreille des mots excitants, à glisser sous la jupe une main exercée. La jupe étudiée sans doute par les meilleurs stylistes pour que les doigts des collègues puissent se faufiler sans encombre dans les culottes.

Je recherchais, le lendemain, les bons points dans les yeux des autres : avais-je été à la hauteur de l'image admirable de notre métier ?

De cela nous ne parlions pas. Notre champ lexical ne supportait que la retenue. Et la réussite.

Il n'est pas vrai que les murs contre lesquels je me cognais étaient invisibles. Il m'est arrivé de *voir* la vitre se former : trouble comme une fine couche de glace, elle entrait dans mon champ de vision, par le côté d'abord, puis s'étalait devant mon visage en une surface parfaitement unie. Sur le coup, j'avais seulement l'impression d'une fatigue de mes yeux. Souvent, c'est le moment où je pensais à prendre mes lunettes dans mon sac et à les nettoyer rapidement en les sortant de leur étui, mais cela ne changeait rien. Le trouble restait. Je me rendais compte alors que c'était une vitre, j'en détaillais l'épaisseur, un centimètre environ, un rectangle à hauteur de regard, dans lequel je pouvais voir mon reflet, bouche entrouverte, air concentré. Je cherchais de toutes mes forces à traverser des yeux le film semi-opaque. Je fixais à travers la glace celui qui continuait à parler, rire, faire comme s'il n'avait pas eu, juste avant, une phrase blessante, un petit mépris pas même conscient, et je le laissais m'expliquer avec condescendance des choses que je savais déjà.

Je n'ai jamais assisté à la brisure entre deux de nos visages. Aucun choc soudain qui nous aurait projeté un éclat de verre sous la paupière. Plutôt une fonte invisible et lente, j'imagine : jusqu'à la boue.

Une fois par jour, il fallait que je pleure. Par habitude. Pour ne pas laisser l'humidité gagner. Comme on essore un vieux vêtement qu'on a étendu là et qui se refuse à sécher.

Après, ça allait mieux.
Après revenait le sommeil.

Maintenant que je suis ici, il faudrait que je me débarrasse de cet endolorissement, et que je trouve dans la vigueur de l'air comment me soigner. Je m'imagine retirer ma peau meurtrie : lentement, j'arrache de longues pelures d'approbation, je gratte là où ça s'écaille. Je bouge à l'intérieur jusqu'à me détacher tout à fait de mon propre épiderme. Je laisse sur le toit ma mue, sèche, inquiétante.

Je suis ce serpent neuf qui sourit.

Je vais mieux.

Je ne parviens pas encore à redescendre au dernier étage des bureaux, même avec prudence, comme on entrerait peu à peu dans l'eau de la piscine trop froide, par paliers indispensables.

Je reste assise. C'est inconfortable ici, mais j'apprécie que mon corps s'y redessine pleinement. Je ne suis pas gênée par la brutalité du contact de mes fesses contre le sol.

Je suis occupée à découvrir de nouvelles ombres sur la terrasse, avec l'arrivée de l'obscurité.

Ma situation m'ouvre la porte des détails, et de la contemplation. La ville, à présent que j'y pense, me paraît minuscule, et cet immeuble, sa verrue prétentieuse.

Quand le froid me prend, je refais le tour du toit. Je ne joue plus à frôler le bord ni à me laisser entraîner par une lumière ou une autre. Je déniche des matériaux que le vent a apportés jusqu'ici. D'un morceau de bâche, envolé d'un chantier voisin, je me fais une cape.

On ne se dépouille pas, comme ça, d'une couche de peau, sans s'en procurer rapidement une autre.

Entre les cheminées et le lanterneau sur lequel repose la climatisation, je repère un endroit abrité, un dossier tout trouvé pour prolonger mon séjour. J'ai réussi à fixer un des grands plastiques à une planche laissée là, vestige jamais débarrassé de travaux d'aménagement, quand on avait décloisonné nos bureaux pour plus de flexibilité. Une déchirure sur le côté sera une fenêtre, même si je préfère regarder devant, par la grande ouverture.

C'est à ce moment-là, sans doute, que je me laisse traverser par la folie des grandeurs, la vraie, et défie ce morceau d'atmosphère, ce vaste rectangle d'occident que découpe mon regard, d'être plus puissant que moi.

En quelques secondes, le contact du muret a raison de mes dernières velléités de mouvement. Mon dos n'attendait que ça pour relâcher ses tensions.

Le ciel n'essaye plus de m'impressionner avec ses rougeoiements de carte postale. Il s'obscurcit même si, ici, il ne sera jamais noir. Lampadaires et gyrophares tracent des signaux pour les avions qui atterrissent encore à quelques kilomètres. Grâce aux enseignes lumineuses on peut, depuis l'espace, se frayer un chemin vers l'humanité, tandis qu'en sens inverse quelques rayons laborieusement parcourent les années et nous indiquent l'emplacement des vieilles étoiles.

Du menton, je salue ce qu'il leur faut d'endurance pour arriver à ma rétine. Je ne peux pas leur rendre la politesse, ni envoyer vers le ciel des indices fiables de mon existence. D'autres, plus sûrs d'eux, le font à ma place.

Plus loin, de l'autre côté du boulevard, les intérieurs de quelques appartements se laissent contempler, mosaïque d'identiques. Seule la lumière varie avec l'apparition du soir, plus bleue plus jaune plus blanche en fonction des ampoules et de la taille des écrans. Bientôt, je pourrai voir les gestes qui se détachent, ombres chinoises sans spectacle, fatiguées, agacées. Sans surprise. Il n'y a de vie que dans la chambre des enfants, mais vite on les borde, on ferme les volets.

Enroulée dans ma bâche, blottie dans un angle de ma cabane, je choisis d'abandonner mes forces pour la journée, la tête posée sur mon bras pour me faire croire au moelleux d'un lit, les jambes repliées contre mon ventre pour en garder la chaleur. Le vent qui se met à souffler sur mes paupières les clôt avec autorité, je ne rouvre pas les yeux quand je le sens s'engouffrer dans ma petite construction et que s'envole le plastique, ni quand j'entends le morceau de planche qui tombe à quelques centimètres de moi. Je suis protégée par la cheminée à laquelle je me colle un peu plus. Je suis plaquée contre le sol par une bourrasque après l'autre, que je décide de transformer en caresses, brusques mais bienveillantes, pour m'endormir. Une invitation ferme à passer la nuit ici.

Je me laisse faire.

Je ne m'inquiète pas quand le sol tournoie sous mon corps, la terrasse entière est un tourniquet qu'on relance sans que j'aie eu le temps d'en descendre. Je n'ai qu'à suivre le mouvement.

Je m'endors.

Cette nuit-là, nous finissons par dormir, naturellement ou avec l'aide de cachets.

Nous sommes légèrement à cran, sans nous l'expliquer vraiment, trop agacés par l'électricité qui court sous notre peau.

Nous nous forçons à fermer les paupières.

De toute façon, il y a longtemps que nous ne sommes plus noctambules. Nous aimons de moins en moins les ombres.

Celle qui passe le soir à notre fenêtre nous inquiète, mais nous n'en parlons pas. Nous ajoutons des lampes à nos plafonds.

Nous dormons tôt, mais vers minuit nous sommes pris de frissons, malgré les draps, les couettes, les radiateurs : le vent s'est levé, et il ne ressemble pas aux timides courants d'air habituels dans la région.

Il s'est levé, et commence à parcourir les rues.

Il frappe aux portes, secoue les volets, modifie le cours de notre repos.

Il s'infiltre sous les tuiles des toits, dans l'embrasure des boîtes aux lettres. Il gratte briques et crépis. Un vélo fait les frais d'une embardée, chute et renverse une poubelle.

Autour de nos maisons il y a quelques arbres. Il nous semble entendre des branches qui cassent, des pots de fleurs, déjà, tomber sur des pare-brise.

Depuis nos lits, nous pouvons apercevoir la grue d'un chantier, dans la nuit une guirlande rouge et blanche lui donne des allures de sémaphore. Nous n'avons pas la présence d'esprit de déchiffrer son message. Nous la voyons se pencher, d'un côté puis d'un autre. Nous nous demandons si c'est dans notre rêve que cette longue silhouette danse. Soudain, la guirlande s'éteint. Nous ne pouvons plus évaluer l'amplitude du mouvement au sommet de la grue. Nous restons sans signal.

Qui survolerait la région pourrait avoir l'impression que tous les vents se sont donné rendez-vous en ce point de la planète, comme révoltés par l'idée même d'équilibre et de circulation. Précisément là où rien n'est fait pour leur résister, où tout leur donne prise et prétexte à jouer, soulever, soupeser. Il n'en faut pas beaucoup pour imaginer leurs ricanements devant la médiocrité des matériaux qui nous abritent et la banalité de nos architectures. Méprisant nos incompétences, ils mettent par terre en quelques minutes ce qui était, de toute façon, prévu pour devenir des ruines à court terme. Les chantiers les plus neufs sont ceux qui tiennent le moins. Des fils électriques pendent au milieu d'une route d'ordinaire sans relief. Le toit d'un supermarché se soulève comme un opercule. Ici ou là, pour quelques heures, nous sommes coupés de cette lumière jaune qui guide et rassure. Nous avons le temps de connaître une inquiétude sourde et primitive, une anxiété de jour d'éclipse.

La tornade joue avec tout, déshabille les chantiers de leurs bâches, les terrasses de leurs auvents, les balcons de leurs parasols. Ce qui était inerte danse dans le ciel noir.

Nous entendons le long gémissement de la tempête.

Nous attendons, en suspens, que la grue s'écroule sur la gare et ses commerces, mais elle tient bon. Elle tangue, accompagne les geignements du ciel.

Un instant, on pourrait croire les loups revenus dans la ville.

Dans notre somnolence, nous sommes assaillis par des images dont nous ne voulons pas. Nous préférons pouvoir choisir sur nos écrans le programme de nos cauchemars, mais cette nuit nous rêvons malgré nous de chutes et d'envols, et nous ne savons plus la différence entre les deux. En songe, nos vêtements se dispersent, et pas seulement nos chapeaux, nos jupes, mais jusqu'au mieux ajusté des maillots, jusqu'au plus intime des sous-vêtements.

Nous cherchons à voir comment la ville se déshabille elle aussi, comment elle se montre à nous enfin nue. Le ciel est sur le point de se déchirer. C'est le moment ou jamais pour comprendre puis oublier ce qui palpite sous l'apparence policée de notre cité, cœur et sexe, graisse ou maigreur, quel est son visage lorsque aucun humain n'est dehors, quelle grimace nous adresse-t-elle, quelle grâce, quelle noirceur, quel mot secret articulé ? Nous voulons connaître le sens de la pièce qui nous est donnée, la morale de l'histoire et la vérité de notre ville : nous attendons que tout s'envole pour en capter, d'un seul regard, le squelette.

Des coups contre les vitres fissurent notre sommeil. Nous ouvrons les yeux pour entrevoir, dans ces éclairs très brefs, des images de failles, jusque sur nos visages. Des zébrures de lumière, sur la toile grise du ciel tendue à craquer, annoncent une pluie qui ne viendra pas.

Nous passons les mains le long de nos nez, nous nous caressons frénétiquement les joues, le front.

Nous comprenons que nous avions perdu le contact avec nos propres traits, à force de combattre la gravité et de les dissimuler sous des sourires confiants.

Nous pressentons quelque chose. Nous tremblons sur nos fondations. Nous n'aimons pas ces longues plaintes dans nos rues, qui réveillent des fantômes dans nos poitrines. Nos corps, soudain, sont du gruyère.

Pourquoi les images qui nous viennent en tête ont-elles des allures de lointain Kansas, poussière et bottes de foin, vaches et camionnettes agricoles soulevées dans les airs, rien qui ne ressemble à nos rues, ici ?

Nous nous souvenons d'un film de notre enfance dans lequel la maison entière s'envole. Nous revivons l'effroi du déracinement, la peur que la bicoque ne se fracasse en retombant. Nous nous demandons furtivement si ce ne serait pas le moment de se laisser saisir et emporter ailleurs.

Vers quatre heures, sans que nous sachions comment c'est possible, une rafale, plus forte encore, hurle longtemps. Nous nous réveillons tout à fait, suspendus quelques minutes aux alarmes des voitures et aux sirènes de pompiers.

La tornade crie, et son mugissement continu fait courir des frissons le long de notre dos. Nous secouons plusieurs fois la tête pour nous enlever l'idée que c'est d'une voix humaine qu'il s'agit. Nous ne voulons pas imaginer la bouche d'où surgirait ce hurlement, charriant une rage venue de brûlantes entrailles.

Pourquoi crie-t-elle ? Nous ne savons pas de quoi elle nous accuse. Nous n'avons rien fait, nous sommes du bon côté du monde et affirmons le droit de ne rien vouloir d'autre.

Voilà ce que nous ne raconterons jamais. Il y a des tunnels creusés dans nos ventres, qu'une nuit de vent révèle.

Nous faisons, alors, la seule chose que nous savons faire : conjurer la violence de l'existence en l'ignorant.

À la dureté du sol, je comprends que je ne suis pas dans mon lit. Comment se fait-il que je ne parvienne pas à lever la tête ? Je bouge mes mains crispées : elles reconnaissent le plastique de la bâche de chantier. La jointure de mes doigts est blanchie. Cette nuit, j'ai serré comme jamais les poings et les mâchoires.

Me reviennent confusément des souvenirs de bourrasques et de chutes d'objets, et la sensation que le vent, pendant des heures, a cherché à me soulever sans y arriver. J'ai engagé mon corps entier dans un bras de fer invisible, tendu mes muscles jusqu'à la crampe. J'ai aussi hurlé, je crois.

On passe sa vie d'adulte à se protéger du froid mordant et de la rosée intempestive. On organise sa carrière pour la seule assurance d'un alignement de tuiles au-dessus de la tête, de quelques parois pour arrêter le vent.

J'ai fait comme les autres. J'ai occupé chaque heure de mes journées à faire circuler l'argent et les mots dans un manège interminable, à ignorer les tiraillements de ma conscience, dans l'unique but, au fond, de chauffer mes hivers, de fermer des volets opaques sur la canicule de mes étés. Jusqu'au corps-à-corps de cette nuit, qui me laisse à moitié évanouie sur le béton glacé.

Je me redresse en gémissant. Je suis sûre que ces débris n'étaient pas là hier soir. Des sacs en plastique dansent encore mollement sur ce qui était ma piste. Une antenne arrachée du toit est passée à quelques mètres de ma tête. Je vérifie que je ne suis pas blessée. Je cherche le sang dans mes cheveux, sur mes vêtements. Miraculeusement, il n'y en a pas.

Je tente de débloquer mon dos par de petits gestes. Comme souvent, c'est dans la nuque que la tension vient se loger. Je respire. Je parviens à mettre en mouvement le bloc de muscles que je suis devenue, glacée, trempée, presque calcifiée à force d'immobilité. Mes cheveux gouttent dans mon cou. J'ai encore du mal à bouger les orteils.

Au bout de quelques minutes, je me relève et déplie le pantin humide, la grande bête idiote à peine sortie de sa sidération. Je ne sais pas combien de temps je suis restée enroulée dans cette bâche.

Je tremble, mais je remarque que je n'ai plus aucun poids sur le thorax.

Le jour est plein, presque agressif de clarté.

Les rafales ont encombré la terrasse, mais dégagé le ciel.

Quand mon esprit se calme à son tour, je réalise que je n'ai aucun moyen, ici, de savoir l'heure qu'il est. Pas de cloche dont je pourrais compter les coups, ni d'horloge assez grande à portée de regard. Il se pourrait que je me trompe d'une heure ou même deux dans les mouvements du soleil, ou bien que je sois restée évanouie plusieurs jours. Ma seule certitude, c'est que la journée est avancée. Ce n'est pourtant pas mon genre de laisser filer les petits matins.

Je fais quelques pas, péniblement. Je boite. Aucun de mes os ne semble cassé. En redressant le dos, c'est brusquement la frayeur de me sentir si proche du ciel : apparition soudaine et tardive du vertige. Le bleu de printemps froid me plaque contre la cheminée. Ce n'est plus le moment de la danse, mais celui de l'étourdissement.

Pas question que je passe la journée ici. J'ai cette idée tenace que, quelque part, la vie m'appelle, même s'il m'est bien difficile de comprendre ce que ça veut dire, ou de quel côté je vais devoir me diriger quand je serai sortie de cet immeuble.

C'est dans quelques heures que se mesurera l'ampleur de mon courage, et non pas dans cette nuit de résistance aux éléments. On verra qui je suis, quand il me faudra prendre la décision de me glisser de nouveau par là où je suis entrée, jusqu'à retrouver le cours du temps, et le temps des affaires en cours.

Seulement, je ne sais pas ce qu'on fait juste après la désertion. Me voilà bien embarrassée. C'est là, d'habitude, que s'arrêtent les histoires que je lis. Tout est toujours contenu dans la suspension, dans un « après » ouvert et lumineux. Mais à quoi ressemblent nos visages le lendemain d'un coup d'éclat ? Quels sont les premiers pas pour reprendre sa marche, quand on a réussi à renverser son univers ?

Il doit bien y avoir de petites étapes, banales comme des compromissions, après la seconde d'héroïsme : une fois la photo prise les bras écartés, triomphants, une fois vociféré l'hymne à la liberté, il doit bien y avoir un relâchement, un flottement. Une minute où on se sent un peu bête. Un assaut des injonctions primaires : manger, uriner. Et puis des décisions sans bravoure à prendre : ouvrir des portes, descendre des escaliers, monter dans des ascenseurs, longer des trottoirs et partager le métro avec des foules.

Je suis sûre que la plupart de nos trajectoires restent inchangées, même après la bifurcation, et qu'on n'élargit pas tant que ça le cercle de nos existences.

Je me demande aussi avec quel corps on entre dans la liberté.

Si c'est avec le mien, il est sale, et trempé.

Je fais quelques pas en direction de la trappe.

Des klaxons, en bas, me rappellent que la ville est toujours là et ses habitants, pressés. Ce sont peut-être mes collègues, qui s'impatientent dans leurs voitures pour gagner quelques minutes de présence au travail, persuadés que ce sera décisif pour la bonne marche du monde. Mais je pense plutôt qu'ils sont tous arrivés depuis un moment. Je sais comment, dès les premières heures, ils s'affairent derrière leurs ordinateurs pour ne rien manquer des nouvelles injonctions, pour valider valider valider un nombre de tâches chaque jour plus grand, espérant remporter d'invisibles médailles.

Y a-t-il une chance pour que je sois capable, moi, de me remettre à mon poste, d'ouvrir ma boîte de réception et de retrouver le fil des messages en attente, en m'excusant du retard pris dans le délai de ma réponse, et *veuillez excuser, et veuillez agréer, et veuillez être certains de mes sentiments distingués ?*

Est-ce que je serai capable de dire non, quand on me demandera de passer dans un bureau pour faire *un petit point* sur mon absence d'hier ?

Il suffirait sans doute que je m'attarde un peu dans les endroits où j'ai mes habitudes pour que ma silhouette reprenne sa place initiale dans le paysage et que je recolle à mes missions.

JE NE RECOLLERAI PAS.

J'AI PERDU TOUTES MES CAPACITÉS D'ADHÉSION ET DE PATIENCE.

JE NE POURRAI PLUS ATTENDRE, ÉCOUTER, PARLER.

JE NE POURRAI PLUS POUSSER MON PION DANS LA DIRECTION HABITUELLE POUR VOIR CE QUI SE PASSE.

JE NE POURRAI PLUS ME FABRIQUER UNE FOI DANS LE BIEN-FONDÉ D'UN *PROJET*. MON CORPS ET MON ESPRIT NE SERONT PLUS PROJETABLES, JETABLES, ÉJECTABLES, ÉLASTIQUES POUR SE TORDRE DANS LES POSITIONS LES PLUS INCONFORTABLES ET ESPÉRER DORMIR ENCORE TRANQUILLES.

Quoi que je fasse, il y aura maintenant quelque chose qui ne colle plus, un bout de mon sérieux qui gondole, mon contour découpé de façon trop brutale pour qu'on puisse croire désormais à la véracité de l'image quand je me tiendrai là. Je serai le coup de couteau dans le papier glacé.

J'aurai pour seul travail de maintenir autour de mes mouvements un espace suffisant pour que l'air y circule.

Je ne me cognerai plus à rien.

Je ne veux plus découvrir, en rentrant chez moi, de nouveaux bleus, de nouvelles plaies.

Je flotterai entre les murs.

Avant de descendre, je passe la main dans mes cheveux pour les discipliner un peu. En guise de toilette, j'étale sur mon visage les gouttes de rosée, en guise de repas j'avale ma salive.

Je pourrais crier encore, s'il le fallait.

Aujourd'hui, j'ai du vent jusque dans la bouche.

Je n'arrive pas à ouvrir.

La trappe, elle était entrouverte hier soir, je l'avais laissée comme ça, béante.

À vrai dire, je ne sais plus comment je l'avais laissée.

Est-ce ma nouvelle qualité de présence, ce découpage de moi-même sur le monde qui me rend incapable de l'empoigner et de la rouvrir ? Voilà le genre d'idées qui me passent par la tête. Je sens malgré tout le métal froid contre la paume glissante de mes mains.

Je cherche des yeux un système de sécurité, comme dans ces porches d'immeuble où se trouve un bouton sur lequel appuyer avant de pousser la lourde porte sur la rue.

C'est pourtant assez simple – je revois en pensée la petite ouverture, l'échelle, rien qui normalement ne demande une force hors du commun.

Est-ce que je suis trop épuisée pour pouvoir tirer assez fort ? Est-ce que je me suis condamnée à rester là pour toujours, par seul besoin de prendre de la hauteur ?

Avec la force du vent de cette nuit, il n'est pas impossible que le battant ait claqué ou que quelque chose se soit cassé dans le mécanisme d'ouverture. Combien de temps ça prend pour réparer ce genre de matériel en général ? Plusieurs mois, plusieurs années ? Je ris nerveusement, sans aller jusqu'à souhaiter que mon rire attire l'attention de quiconque.

Je vais devoir faire, pour ne pas rester ici comme sur une île déserte de toute possibilité de survie, exactement ce que je déteste : appeler au secours, agiter les bras en espérant que dans un autre immeuble quelqu'un s'interroge sur cette silhouette gesticulant en face. Mais qui regarde encore du côté des toits ?

J'en viens à penser à ceux qui partagent mon service, à me demander si ce n'est pas une punition, une petite vengeance de leur part, d'un claquement de battant, pour répondre à ma réprobation muette de ces dernières semaines, et à ce qu'ils ont très certainement perçu comme un manque de coopération.

Est-ce la nouvelle façon de mettre quelqu'un au placard ? On corse les choses en testant la force physique et le courage, en soumettant l'âme aux éléments ?

Je pense à ce collègue que je n'ai presque pas connu et à qui, ces dernières années, on avait demandé de rester seul à l'étage du dessous. *Un grand étage rien que pour toi, tu peux l'aménager comme tu veux, tu peux d'ailleurs faire ce que tu veux, tout ce qu'on te demande, c'est de plus venir dans les autres services, nous t'enverrons des messages pour te tenir au courant.* Il y avait eu du mouvement dans les places, à la suite d'une *crise* interne.

Il fallait bien que chacun se trouve une nouvelle case. Quelqu'un était monté, quelqu'un était descendu sur l'échiquier hiérarchique, et lui, il avait juste été sorti du jeu, sans qu'on ait eu vraiment quelque chose à lui reprocher. Notre organisation est un écosystème trop complexe pour que quiconque essaye de le comprendre. Je suppose qu'il a obéi : je l'apercevais parfois, sur le parvis de la tour. Un jour, alors que je l'avais croisé dans le hall d'entrée, il m'avait regardée dans les yeux, il m'avait dit bon courage, et attention à ne pas te cogner, attention à la marche.

Je me souviens d'un type un peu ringard, qui ne me paraissait pas vraiment coller avec l'image d'ici.

À présent, c'est moi qui suis décollée volontairement, mais, par l'ironie du pire des sorts, ne suis plus capable de quitter le toit de cet immeuble.

Je ne sais pas si c'est déjà l'heure où les fumeurs se penchent à la fenêtre et se demandent pour la première fois de la journée s'il fait beau.

J'ignore si quelqu'un, en regardant vers le haut, pourrait m'apercevoir.

Et puis je me souviens qu'on ne voit que ce qu'on croit.

Je perçois, l'espace d'une seconde, ce que l'on doit ressentir au moment d'une mort absurde et brutale, lorsqu'on comprend qu'il n'y aura pas de rebondissement, et que la conclusion de cette vie-là ne se fera dans aucune phrase spirituelle et sans être entouré des siens, ni dans le soleil fatigué d'une longue nuit d'hiver, mais dans le ridicule et la médiocrité.

Alors je me roule en boule, gigantesque fœtus imbécile. Je finis par pleurer un peu, le nez dans les genoux. Je renifle sans pudeur un mélange de rhume et de colère, et je me revois sur ce même toit, croquant le ciel : *Vous dansiez ? J'en suis fort aise. Eh bien crevez maintenant.*

Voilà une heure au moins que je regarde filer les derniers nuages, allongée transie, fatiguée par ma propre bêtise et par la lutte de cette nuit, et, malgré tout, je trouve que ce printemps se donne vraiment les moyens d'être inoubliable. J'attends qu'un avion, qu'un oiseau, m'indiquent ce que je dois faire. Sans cesse, ils tracent des signes dans le ciel, ralentissent, se croisent et accélèrent, mais je ne sais rien déchiffrer. Ils sont plus importants que moi. Même ces insectes, arrivés ici je ne sais comment, concentrés et utiles à leurs petites affaires d'insectes.

Quand bien même je trouverais un outil, une branche assez grosse pour faire masse, je serais incapable de la soulever ou de briser quoi que ce soit.

Je me souviens que, ces derniers temps, ils étaient de plus en plus nombreux, les réveils lourds, les effondrements sans mauvaise nouvelle, avec cette impression que chaque pas, que chaque action de la journée serait une montagne surgie au milieu de mon chemin.

J'ai traversé plusieurs semaines dans une nausée discrète, rien d'assez spectaculaire pour m'alerter vraiment, rien d'une maladie à soigner ou d'une enquête à mener à bien. Un demi-sommeil permanent, comme un coup sempiternel sur la tête, une pesanteur des paupières. Je me disais que c'était dû à mon alimentation, à mon manque d'exercice. Que je m'en occuperais demain.

Je m'en suis occupée.

De mon allègement.

J'étais bien. Hier. Cette nuit. Suspendue enfin, de mes fonctions et de mes abattements. Prête à avoir prise sur quelque chose. Mais non. L'espace ne se laisse toujours pas faire, et une nouvelle impossibilité me cloisonne.

J'étais sur le point de ne plus me méfier de tout et de toucher du doigt une vie sans qui-vive.

Je m'étais mise à bonne distance, comme on règle la focale. Je me tenais dans le retrait salutaire, à l'écart de l'agitation suffocante qui finit par prendre à la gorge et presser jusqu'à ce que manque l'oxygène. Pendant des années, j'ai vécu privée de cet air qui irrigue le cerveau et permet d'ouvrir la place pour un rêve ou une pensée. J'avais choisi l'excitation de l'apnée, la syncope permanente.

Je ne crois pas qu'il existe des passerelles d'un immeuble à l'autre, ni des escaliers de service accrochés à la façade, rouillés mais solides, comme dans ces images d'Amérique où tout est toujours conquête d'infini. Même un chat ne se risquerait pas à sauter de la terrasse dont je refais le tour avec mes yeux.

Alors, quoi, cette trappe ouverte, c'était une erreur dans le système, et pas réellement quelque chose à ma portée ?

Maintenant, le verrou de l'ordre des choses est bien remis en place, et rien n'a bougé sauf mon grand corps imprudent, lâché dans un équivalent de nature sans beauté ni ressources.

Mon parcours, évidemment, est à l'image de cette trappe.

Une erreur d'ouverture.

Un accident dans la circulation des corps et des esprits.

Je suis entrée dans ce métier comme par effraction, et aujourd'hui je veux emprunter une sortie qui ne m'est pas permise.

Un oiseau vient sautiller autour de moi, me trouve décevante de n'avoir pas au moins un morceau de pain à partager, puis il s'envole.

J'aurais dû savoir lire le danger dans les yeux de mes proches. Derrière la fierté – j'étais le premier Poucet de la lignée à chausser des bottes de sept lieues ! –, j'aurais dû voir le léger reproche, la mise en garde contre ma démesure.

J'ai été cette enfant qui bascule en pensant cavaler, sur un cheval de bois manquant de se renverser pour de bon. Je suis allée le plus loin possible d'un côté comme de l'autre du grand écart social, avec, à chaque fois, un vertige immense à l'idée du chemin parcouru.

Et malgré ça, est-ce que j'ai seulement avancé d'un millimètre ?

Le moineau s'approche, et nous nous regardons. Lui aussi est capable de changer de continent et pourtant il reste là, dans l'espoir d'une miette.

— Est-ce qu'ils pensent à nous, là-haut, des fois ?

La voix de ma mère me revient à mesure que l'oiseau tourne la tête d'un côté puis de l'autre. Est-ce qu'ils s'intéresseront un jour à des gens comme nous, est-ce qu'ils savent au moins qu'on existe ?

Je fais mine de ne pas comprendre.

— Dans tous les projets dont tu me parles, dans votre tour, là, dans votre quartier, est-ce qu'il y a une place pour nous ? Est-ce que nous apparaissons quelque part ? Est-ce qu'un jour ça nous servira à nous, et nous permettra de vivre différemment ?

D'un geste un peu las de la main elle englobe le salon, la fenêtre et la vue sur le parking, les immeubles autour, les tours ni belles ni laides dans le soleil couchant, la campagne au bout de la route.

— Est-ce que des gens comme toi savent qu'il y a des gens comme nous ? Est-ce que tu te souviens qu'on n'est pas nés avec une cuiller en argent dans la bouche, que ce qu'on possède on l'a gagné à la sueur de notre front ? On en a fait, des insomnies. On s'est adaptés, toute notre vie. On nous a toujours demandé de nous plier aux nouvelles façons de faire, de nous sacrifier. On nous a dit qu'on était des fainéants, plus lents et plus rétifs que partout ailleurs dans le monde. Des emmerdeurs. Encombrants dès qu'on demandait un peu de considération. On n'a pas lâché. On a continué à jouer le jeu. À mettre un peu de côté tous les mois. On a payé toute notre vie pour que rien ne s'effondre. On a payé des assurances, des compléments d'assurances, des complémentaires retraites, des complémentaires santé. Et on nous regarde encore comme s'il fallait faire plus d'efforts. Travailler plus pour gagner toujours moins, et surtout ne pas se montrer, et surtout ne pas se faire entendre. Est-ce que tu es devenue comme eux ? Est-ce que tu penses aux gens comme nous ?

Je n'ai pas répondu. Je n'avais jamais entendu ma mère parler aussi longtemps et parler d'autre chose que de la pluie et du beau temps, des douleurs du soir et de la fatigue du corps.

— Excuse-moi – elle a repris après un silence, en voyant les larmes qui me venaient aux yeux. Excuse-moi, ce n'est pas contre toi. Je suis fatiguée. C'est facile, tu sais, de devenir une vieille fleur fanée d'un coup, comme si on éteignait une lumière, ou qu'un nuage passait entre le soleil et sa vie.

Nous nous réveillons décoiffés et malheureux, remués jusqu'à l'intérieur de nos poitrines. Nous avons dû nous rendormir au petit matin, sur un coin de canapé, sur une chaise de cuisine. Nous ne savons plus très bien où nous sommes, ni si ces muscles sont tout à fait les nôtres, tant ils rechignent à faire ce que nous leur demandons.

Debout, nous enchaînons les gestes nécessaires à la préparation d'un petit déjeuner, évitons de nous croiser dans un miroir, conscients de ce que nous y trouverons dans le silence revenu : des traits creusés, vieillis, des yeux collés par les larmes, au souvenir du hurlement du vent.

Comme chaque jour, nous remplissons de certitudes et de café nos corps jusqu'à la gueule, nous colmatons les dernières lézardes avec des crèmes et des poudres, nous transformons nos flottements en aplomb.

Le ciel est redevenu clair et le fond de l'air, calme.

Nous respirons profondément, comme nous l'avons appris dans une de ces vidéos qui nous aident à habiter le monde.

Aucun signe de danger imminent. Nous éteignons nos propres alarmes.

Nous faisons nos lits au carré, changeons même les draps, l'odeur de lessive nous rassure.

Mais, ce matin, nous ne sommes pas soumis à la même gravité que d'ordinaire, on a lesté nos muscles de plomb et, pour avancer, il va nous falloir pousser des cloisons invisibles trop hautes et trop lourdes.

Cette sensation inconnue de nous, nous la détestons.

Une fois dehors, nos inquiétudes se confirment. Nous comprenons que nous n'irons pas loin. Nos enfants ne passeront pas la journée à l'école ou dans d'autres bras. Nous ne quitterons pas le quartier.

Les débris n'ont pas été ramassés. Du bois, des tuiles. Un panneau encastré dans la voiture d'un voisin.

La remise du secteur dans un état présentable prendra des heures, voire plusieurs jours. C'est agaçant. Comme cette lenteur qu'ont les camions pour déblayer la neige quand elle arrive par surprise, tous les quatre ou cinq ans.

Nous regardons, de loin, nos voies sans issue. Incapables de manier les tronçonneuses, de déplacer les arbres et les poteaux couchés en travers de nos chemins. Pour la première fois de notre vie nous entrevoyons un obstacle. Le touchons du bout des doigts. Nous devrons attendre que d'autres coupent, soulèvent, déblayent à notre place. Nous n'avons pas appris.

Quand un voisin approche, nous faisons semblant de ne pas le voir. Nous n'avons pas la force de partager nos désarrois et une peur panique du ridicule.

Puis, réfugiés derrière les rideaux de nos fenêtres, nous attendons.

La journée avance au ralenti, il n'y a guère que les chats pour bondir d'un trottoir à l'autre. Nous regardons le spectacle du beau temps après la tempête, du retour progressif à la normale des images et des sons.

Il est presque onze heures, et nous sommes encore là, pris dans la torpeur de nos maisons, faites pour qu'on s'y assoupisse devant la télévision, qu'on y bricole un peu le week-end, mais pas pour ce flottement en pleine matinée, ni cette impression que jamais nous ne parviendrons à nous mettre en mouvement.

Dans les couples, des disputes éclatent. Chacun voudrait que l'autre disparaisse de sa vue.

Vers midi, nous essayons de nous connecter à notre compte de travail, nous nous déplaçons des canapés vers les tables, fatigués à l'avance d'imaginer les centaines de messages en attente.

Tout est lent, les données elles-mêmes se frayent avec difficulté un chemin dans des tas de décombres.

Finalement les interfaces s'ouvrent, et nous trouvons, par de petits mouvements des épaules et des doigts, la force de reprendre les affaires qui nous occupent, de dénouer les situations critiques, d'archiver enfin les dossiers menés à leur terme.

Mais dans notre boîte mail il n'y a plus rien.

Bien sûr que nous ne savons encore rien de Claire, comment le pourrions-nous ? Peut-être que l'une d'entre nous, simplement, aura une pensée pour elle, l'enviant de n'avoir, ce matin, aucune famille dont prendre soin.

Maintenant, ils sont trois ou quatre moineaux autour de moi. Je suis presque flattée d'être une curiosité dans le matin. Je me redresse, et ils s'envolent d'un coup, sans que j'arrive à savoir lequel d'entre eux donne l'impulsion. Je souris. Mon attrait a été de courte durée.

Il n'y a plus rien de grave.

J'ai décoché la liste des accomplissements, j'ai libéré les liens.

Je m'aperçois que quelque chose me convient dans cette solitude mi-choisie, mi-subie. Le silence est une joie à sa manière.

Je presse entre mes doigts les muscles de mes bras et de mes jambes, petit massage bienveillant pour revenir à l'intérieur de mon corps. Je n'ai plus mal quand j'appuie. Je réapprivoise les poils, les veines et la chair de poule.

Je respire de mieux en mieux.

J'ai presque réussi à oublier qu'il fallait que je redescende, quand bien même le toit n'a plus l'évidence d'hier. Je ne vois plus que ses limites et le vide qui l'entoure. Je me rends compte, aussi, à quel point cette tour est cernée par des immeubles trop semblables pour que j'aie envie de les côtoyer.

Je n'ai pas d'autre choix, ni de meilleure idée pour me sortir de là, qu'une nouvelle tentative pour soulever la trappe. Je ne vois pas d'autre possibilité que l'imbécile obstination. Alors je tire. Mais les sensations ne sont pas les mêmes que tout à l'heure. Quelque chose a bougé : je me tiens mieux, au centre de moi-même. Ainsi rassemblée toute entière dans une ligne qui va des pieds au bout de mes doigts, je parviens à un peu plus de vigueur. Je dois forcer, mais je ne peux pas dire que ce soit désagréable : une impression de danse, de nouveau, de tremblement charnel.

Alors, doucement, la trappe se débloque. Avec une de mes chaussures, j'en coince l'ouverture. Maintenant je peux au moins passer mes doigts sur le rebord et tirer. Un petit grincement, et je parviens à l'ouvrir entièrement. L'échelle est repliée, mais je ne pense pas en avoir besoin pour redescendre. Je m'assieds sur le bord, à presque trois mètres du sol. Le saut n'est pas énorme à faire, je peux me laisser glisser, me retenir par les bras, limiter le risque de me tordre une cheville.

J'imagine l'incrédulité de celui qui, le premier, passerait la tête par une des portes du couloir et me trouverait ici, suspendue au plafond : le bas du corps ballant, un balancier d'horloge gauche et irrégulier, comme découpé et recollé au mauvais endroit dans un montage surréaliste.

Je crains le choc, non pas que je sois incapable d'encaisser la douleur qui partira de la plante de mes pieds pour irradier jusqu'aux genoux, mais la chute me rappellerait inévitablement que j'ai réintégré ces bureaux, cette dimension du monde où le temps s'écoule dans l'enchaînement des tâches et la perspective de devoir tout recommencer le lendemain.

Je me suis laissée tomber. Il n'y a pas eu le lourd affalement que j'attendais. Mes pieds n'ont pas vraiment atterri. Ils frôlent le sol, comme s'ils s'en tenaient à distance prudente, un ou deux centimètres au-dessus de la moquette. Je ne perds pas l'équilibre. Je suis droite.

Comme je l'avais décidé : à partir de maintenant, je flotte.

La lumière s'allume automatiquement. Jaunâtre : un oubli immédiat du ciel. Je me rends compte que je n'ai pas repris mes chaussures. Il me suffirait de remonter rapidement en redépliant l'échelle pour les récupérer. Je n'en ai même pas l'idée, occupée aux sensations de mon retour.

Je ne m'étonne pas de marcher avec un équilibre différent, sur un tout autre plan. Je glisse. Je frôle les murs.

Je ne vais pas récupérer mes affaires à ma place ni dans la salle de réunion. Il m'est même désagréable de penser à ce lieu, de m'imaginer en pousser la porte, interrompre un conciliabule pour repartir avec une veste, un calepin. Des regards noirs plantés dans ma nouvelle chair.

Ma peau neuve, il faut que je la sauve.

Alors, juste traverser, faire vite. Acter ma disparition.

J'essaye de trouver la bonne vitesse pour avancer, la bonne inclinaison du visage pour qu'en cas de rencontre on puisse douter de m'avoir vue.

S'il le fallait, est-ce que je saurais retrouver l'habitude des petits mots qui servent à se débarrasser au plus vite d'une situation ? Pas sûr. Je prépare quand même quelques histoires crédibles d'urgence ou de clés oubliées. On ne perd pas si facilement le réflexe de se justifier pour tout.

La seule chose à laquelle je pense, avec mon nouveau *détachement* et mes pieds nus, c'est que je risque de donner l'impression d'être un peu plus souple qu'à l'ordinaire, et de me tenir plus droite. Fini le crissement de semelles dans l'open space, la démarche à adapter pour ne pas cogner ses talons, ni faire se tourner vers soi les regards.

Je me demande si je vais encore rentrer dans des obstacles invisibles, si je serai encore arrêtée dans un bureau ou un autre, un pied suspendu au-dessus du vide, convaincue qu'il faut que je fasse demi-tour, que cet espace n'est pas pour moi.

Flottante désormais, est-ce que je vais encore avoir peur de croiser quelqu'un venant d'un pas rapide en sens inverse, persuadée que c'est moi qui me suis trompée de direction ?

Je parcours la moitié du couloir avant de remarquer que je n'entends aucun bruit. Rien ne grince, ne claque, ne sonne. Aucun bip d'ordinateur, de machine à café et – c'est dans un deuxième temps que l'évidence me parvient – aucune voix humaine.

Même les téléphones se sont arrêtés de retentir ou de vibrer, de mimer la symphonie des urgences.

L'espace est vaste, blanc, éblouissant à cette heure-ci de la journée. De petits box sont séparés par des vitres, seuls les bureaux réservés aux chefs ont droit à l'intimité d'une porte et d'une paroi floutée.

Du regard, je passe à travers ces étendues de verre et suis, un instant, dans un grand palais des glaces dont il faudra que je retrouve la sortie sans me cogner, car ici tout est trompe-l'œil, miroir déformant et piège.

Je sais que tout est dessiné pour qu'on se perde et s'étourdisse.

Je sais que les règles du jeu sont claires quand on entre ici pour la première fois, et que c'est précisément ce frisson du danger qu'on vient chercher.

Je m'aventure d'un endroit à l'autre avec méfiance, cherche du bout des doigts les murs invisibles qui m'empêchent d'habitude d'accéder à certains de ces bureaux, mais plus rien n'arrête mes mouvements.

Pour un peu, je pourrais me mettre à nager sans risque dans le grand aquarium de notre étage vitré. Je me contente de faire bouger mes orteils. Je les baigne dans la lumière.

Est-ce qu'il est beaucoup plus tôt que je ne le croyais ? C'est étrange, le soleil tape déjà sur les vitres. Je cherche des yeux une horloge, mais il y a longtemps qu'elles ont été décrochées, après quelques années sans piles, à marquer éternellement l'heure de la réunion de service.

Pieds nus, j'ai la sensation de me promener à l'intérieur d'un dimanche alors qu'on est mardi. Je ne peux me fier, dans ma conviction du temps, qu'à la seule reconnaissance de mon estomac, tiraillé par une faim normale.

Où sont les autres ? Qu'est-ce qui a bien pu leur couper le souffle, pour que le silence soit si grand ? Même dans les moments d'extrême concentration, il y en a toujours un pour parler trop fort dans un téléphone, certain de l'importance de sa conversation.

Je marche et je cherche les visages dans les reflets de chaque vitre. Je connais l'inclinaison des nuques sur les claviers, la légère absence de mes collègues quand ils s'autorisent à suspendre une phrase, une pensée, avant de remplir des agendas, sûrs que sans eux rien d'important ne pourra se produire. J'ai toujours su débusquer leurs hésitations. Mais aujourd'hui il n'y a pas de joue donnée à voir dans un profil, de mèche remise derrière une oreille, ni de barbe de trois jours caressée par des doigts nerveux.

Je m'attends, d'une seconde à l'autre, à découvrir la salle dans laquelle tous les salariés de mon étage se seraient massés, religieusement à l'écoute d'une information capitale. Je me glisserais discrètement parmi le groupe. Saurais enfin ce qui arrive. Joindrais mon visage curieux ou inquiet à celui des autres. Je prendrais conscience en même temps qu'eux d'une chose inimaginable – assez pour que tout brouhaha ait cessé d'un coup.

Ou bien tout cela n'est-il qu'une surprise, une mise en scène pour l'anniversaire de quelqu'un – j'ai juste la présence d'esprit de me souvenir que ce n'est pas le mien – comme dans ces scènes où, au signal, tout le monde bondit de sa cachette en soufflant dans des langues de belle-mère, en recouvrant le sol de confettis.

Jamais il n'est arrivé une chose pareille ici, mais plus les temps sont difficiles, plus on nous dit qu'il faut bousculer les routines, travailler sur la joie d'être ensemble, faire la fête.

Il ne me serait pas compliqué de croire qu'il n'y a plus personne non plus dans toute la ville. Je pense à ces légendes urbaines d'émissions de radio, dont on raconte qu'elles ont déclenché des mouvements de foule et des embouteillages sur plusieurs kilomètres.

J'imagine les scènes de panique d'habitants prenant au mot une fiction, l'arrivée des Martiens sur Terre, les files de voitures chargées à la va-vite pour un exil définitif et douloureux. J'imagine la rapidité avec laquelle il a fallu, alors, organiser son départ, aussi absurde que cela soit quand on n'a pas de planète de rechange. Je visualise l'hémorragie de la ville, chacun fuyant vers la frontière la plus proche, comme si une frontière protégeait de ce genre de choses.

À quel exode ai-je échappé en une seule nuit d'absence et de retrait ? À quel grand événement de notre siècle ?

Je me surprends encore de la rapidité avec laquelle s'imposent à moi les imaginaires de guerre et de malheur.

À mesure que j'avance, la perspective de retrouver qui que ce soit s'éloigne. Il n'y a rien d'anormal dans ces pièces, à part l'absence : quelques feuilles en désordre sur un bureau ou un autre, dont on ne peut pas dire si elles sont ou non le signe d'un départ précipité.

Mes yeux s'accrochent aux mots, cherchent une réponse écrite noir sur blanc, mais ce qui est imprimé n'a pas changé depuis hier, aucune missive à mon attention ne s'est miraculeusement échappée d'une imprimante.

Dans la corbeille, des notes froissées, illisibles. Des Post-it remplis d'initiales et d'abréviations.

Pas d'alerte à l'encre rouge, ni de réservation en urgence d'avions pour l'autre bout du monde. Aucune prédiction d'astrologue annonçant une débâcle stellaire.

Je ne vois que des images sur papier glacé, des visages souriants et des slogans à appliquer, surgis il y a quelques mois au détour d'un changement de cap. Des mots piétinés, vidés, et dont la peau est en permanence recyclée pour paraître plus neuve, puis retendue sur des séries d'affiches.

Mais le sens s'est rabougri dans des fragments de pensée usés jusqu'à la corde.

Je ne vois que la poussière sous les phrases officielles.

S'il y a quelque chose à comprendre dans la disparition soudaine de mes semblables, je sais que ce n'est pas dans les mots, c'est ailleurs.

Comme d'habitude, c'est passé entre les murs.

Comme d'habitude, on a estimé que j'allais faire le chemin toute seule, deviner.

Il me paraît incongru que ces rangées de chaises nous aient tenus si dociles des heures entières malgré la vision qui nous assaillait parfois de la perte de notre temps, et de la mort inéluctable.

Dans les bureaux vides, j'en viens de nouveau à confondre les places et les postes, les gentils les méchants les malheureux les dangereux les manipulateurs les fatigués les marionnettes. Je ne sais plus vraiment ce qui nous différencie les uns des autres. La couleur d'une tasse ? Un prénom ?

Glisser ne fatigue en rien mes jambes. Je continue à explorer un secteur et l'autre de ce grand plateau vide.

De mes déplacements habituels, je change la perspective. Et, dans le reflet d'une fenêtre, le labyrinthe se poursuit indéfiniment, une structure translucide à perte de vue : lieux de travail et lieux de loisir, immeubles, maisons basses et brèches entre deux rues, vitres, miroirs encore, déformant les corps, allongeant les silhouettes jusqu'à la disparition, ou, au contraire, les tassant comme on froisse un papier qu'on s'apprête à jeter.

Je fais la liste de toute l'architecture dont il faudra me décoller pour trouver dans mon ventre le flottement qui libère.

Je m'enfonce entre les parois de verre. Je prends en assurance maintenant qu'elles sont si nettes à mes yeux. Je chasse cette idée tellement ancrée en moi que les portes fermées doivent le rester, que les histoires fermées doivent le rester, qu'il faut être invitée pour pénétrer dans une pièce ou accéder à des informations.

J'entre partout. Je n'ai rien à chercher de particulier, pourtant je flaire, mes mains balayent plus qu'elles ne soulèvent, sur ces tables où traînent encore des stylos, des gobelets vides.

Tout paraît mis en veille, relâché.

Je connais le bureau dont je viens de pousser la porte. C'est celui de mon chef. J'y entre une fois par trimestre. J'ai, avec lui, des relations plutôt cordiales, dès lors que ni lui ni moi n'affirmons trop ouvertement une opinion sur ce qui nous entoure. Tout est fait pour que la hiérarchie ne se fasse pas sentir. Nous sommes entre personnes éduquées.

Mais systématiquement, au moment du bilan, et aussitôt devant la porte, je ne sais plus que faire de mes mains. Je transpire anormalement. J'ai la bouche sèche et mes pensées sont noyées dans une bouillie blanche. Je ne sais plus si je dois frapper ou attendre dans le couloir.

Une fois dedans, j'analyse du regard chaque recoin pour au moins maîtriser l'espace, comme s'il pouvait en surgir un danger, un piège. J'essaye de lire les messages que me transmet la pièce, avant même d'entendre les formules de bienvenue que le chef m'adresse. J'ai toujours cette idée que ce sera peut-être la dernière fois, qu'au bout de quelques mots quelque chose tombera qu'on ne pourra plus jamais remettre debout, parce que j'aurai négligé d'observer un détail, et, de ce fait, échoué à un test subtil qu'on m'aura fait passer. J'aurai tout anticipé, sauf cette nouvelle barrière surgie entre mon interlocuteur et moi : ce petit malentendu.

La plupart du temps, ce n'est qu'une formalité. Un bilan de projet auquel nous nous soumettons tous. Presque une habitude. En général, j'ai donné entière satisfaction

Mais dans le bureau de la direction, chaque fois, je suis rejointe par l'armée des fautes imaginaires, ancestrales, héritées, et la plus importante d'entre elles : celle d'être arrivée jusqu'ici.

(Avoir réussi.
Être tout en haut de l'échelle d'un monde
Et pourtant tout en bas d'un autre
Dans l'absurde empilement des réels.)

Alors que je vais sortir, quitter l'étage, mes yeux s'arrêtent sur un dossier en équilibre sur le coin d'une étagère. Je l'attrape par réflexe, et j'ai un sursaut sans tout de suite comprendre pourquoi : je viens de voir mon prénom, sur une feuille qui dépasse. Cela ne devrait plus rien me faire, mais pourtant c'est une déflagration lente dans chacune de mes veines, et un tremblement de tout mon corps. Puis quoi ? D'abord la gorge, ou d'abord la poitrine ?

D'abord la poitrine. Une main invisible appuie, puis remonte lentement jusqu'à la gorge.

Sur ce feuillet, d'une écriture rapide et forcément désinvolte, je lis : « Rapide / Discrète / Efficace / Mais manque d'audace / Naïve / Provinciale. »

Nous avons préféré jouer la prudence et finalement avons refermé nos ordinateurs.

Nous mangeons du chocolat, avec un léger sens du tragique et la conscience aiguë de la vie dans laquelle il faut mordre avant qu'elle ne nous soit brutalement ôtée.

Cette nuit de chaos a mis en péril notre capacité de concentration.

Nous ouvrons un paquet de petits gâteaux.

Nous n'avons pas encore pris des nouvelles les uns des autres. Au fond nous n'en mourons pas d'envie. Il faudrait entendre la litanie des angoisses de chacun, plus certainement évoquer le retour au bureau, le retard, les perturbations de l'agenda. Dans de langoureux borborygmes, qui ne manquent pas de raviver nos mélancolies, démarrent les machines à café.

Nous essayons d'accéder à nos messageries, mais les pages sont toujours vierges. Nous nous livrons mollement au calcul des conséquences, le travail déjà effectué qu'il nous faudra refaire, les erreurs à rattraper. Les données perdues pour de bon : les contacts rompus, les dates, les factures et les accords.

Et puis celles qu'il faudra retrouver à la force de notre mémoire humaine jamais musclée.

Nous rêvassons. Nous nous perdons dans les images de films catastrophe vus et revus au cours de notre vie. Nous sommes scénaristes et réalisateurs de nos propres thrillers. Chacun de nos cerveaux est un vrai cinéma, à la programmation plus ou moins pointue, au sol plus au moins jonché de pop-corn. Derrière nos lunettes, il n'y a plus que des plans aux lumières artificielles. À cet instant, nous avons envie de croire à tout, pourvu que ce soit plus grand que nous.

À partir de ce que nous avons entrevu de nos fenêtres (ce poteau, c'est certain, penchait dangereusement !), nous projetons un nouveau monde où tout pencherait de la même façon, où plus rien ne serait sûr, jusqu'aux femmes et aux hommes à qui la tempête ferait le regard flou. Nous imaginons des villes rendues à la campagne, et le temps qu'il faudra pour retrouver un but dans la vie, une utilité, nous qui ne savons rien faire de nos mains.

Nous respirons et redressons le menton pour ne pas montrer notre visage fermé ou absent, dans le cas où ce serait à nous de sauver la planète, et d'être filmés en gros plan au sommet de la tension dramatique.

Quand je lève les yeux, toujours dans le bureau de la direction, les murs autour me paraissent sales. J'ai dû rester longtemps assise. Il se pourrait que j'aie pleuré.

Mes cheveux ont eu le temps de sécher. Je crois que je pue un peu.

(Dire que pendant des années, je me suis cognée dans les miroirs en espérant atteindre ce qu'ils attendaient de moi. Mais toujours mon visage résistait à s'arracher à l'origine : ce trop de joues trop de pommettes trop de nez qu'aucun maquillage n'arrivera jamais à gommer et qui me nargue encore quand je ne suis pas tout à fait préparée à me faire face.)

Je comprends que je me suis présentée chaque jour dans des locaux mal finis, mal débarrassés de leur poussière. Je ramasse. Cueille les vestiges. Restent à la vue aujourd'hui les déchets : stylos, trombones, gobelets en plastique, documents obsolètes. Et moi.

Sans les corps sûrs d'eux pour l'habiter
où sont passés
le lustre et le brillant du labyrinthe ?

Je pressens qu'il n'y a pas eu d'autre catastrophe que celle qui s'est jouée ici chaque jour depuis des années. Ma grande déconvenue. La multiplication des murs, des ecchymoses.

Je fais durer le face-à-face avec cet espace vidé brutalement d'architecture et de pensée.

J'ai traversé les murs et vu ce qu'il y avait de l'autre côté, et cela ne m'a pas crevé les yeux ni cousu les lèvres, non, car il n'y a ici aucune grandeur mythologique. J'ai vu de l'autre côté de la barrière de mon monde – le côté dont je rêvais, et pour lequel j'ai travaillé si fort. Et cela, simplement, m'a accablée.

Je me redresse. Je suis revenue, on dirait, à l'intérieur de ma colère.

J'ai des douleurs dans tout le corps. Mais il y a toujours plus spectaculaire, n'est-ce pas, que ses basculements à soi : on aimerait ébranler le monde, et, le temps qu'on s'y mette, il n'est déjà plus là.

Je fais quelques pas dans les bureaux. Mes yeux s'arrêtent sur la photo d'une famille.

Alors, je me souviens d'une fin d'après-midi. J'avais accepté de partager des pans de vie privée et de loisir. De mon plein gré, je poussais la porte des mêmes réceptions que les plus haut placés de mes collègues et découvrais ces quartiers cachés où l'on se reconnaît à la taille de sa voiture. Ruelles pavées et maisons basses.

Ne fais pas attention au désordre la femme de ménage ne passera que demain.

On va faire refaire l'aile gauche cette année pour les enfants.

L'été on rejoint mon frère dans sa villa.

Touquet-Deauville-La Baule-Saint-Raph'-Saint-Jean-de-Luz-Saint-Trop'.

Et toi tu fais quoi de tes vacances ?

Tu connais mes enfants ?

Une fillette blonde s'est avancée. Jolie comme un cœur. Princesse sans jouer, altière et droite, en pleine possession de ses gestes et de son apparence. Impeccable même après plusieurs heures de jeu, fraîche et rose quand elle est descendue de sa voiture avec chauffeur.

J'ai dit :

Bonjour ma petite pute, tu es très jolie.

Tu reviens de l'école ?

Ton cadavre n'est pas trop lourd ?

Ta maman m'a beaucoup parlé de toi.

À cet instant j'ai senti le monde s'effondrer sous mes pieds. J'ai su avec certitude qu'il y avait partout des trous, que personne n'a le droit d'évoquer mais que les propriétaires des lieux connaissent, des oubliettes hérissées de pointes et de mépris dans lesquelles des dizaines d'idiots, des dizaines d'inconscientes comme moi ont péri, pour ne pas avoir surveillé à temps leur langage, *naïf, provincial.*

J'ai trop parlé à demi-mot, ce jour-là les mots sont sortis entiers, lourds, violents.

Directs et vulgaires.

Pas le temps d'un plaidoyer quand le sol s'ouvre, c'est la disparition en quelques secondes. Mise à mort, et ensevelissement définitif.

(Je n'y peux rien, ma parole est un cheval qui se souvient d'où il vient et de ce qui le fait souffrir.)

Mais il faut croire que mes phrases se sont perdues dans le doux petit vent du printemps, dans le microclimat qui rend toute chose agréable, dans l'extrême courtoisie, qui fait que jamais on ne saura ce qui a vraiment été prononcé, vraiment entendu.

J'ai rouvert les yeux, de retour de l'enfer, et rien n'avait bougé.

La petite fille, de toute façon, n'avait pas l'intention d'écouter ce qu'on avait à lui dire.

Le gouffre ne s'en est pas refermé pour autant. Il a suivi chacun de mes pas et ouvert sa gueule sous mes mots avant qu'ils ne puissent être formulés.

On ne m'a plus jamais reprise à franchir les grands portails des quartiers étrangers.

Je sors du bureau, je cours maladroitement, avec mon corps toujours perclus de douleurs. Ce n'est plus de la danse, mais des mouvements désordonnés pour chasser le malaise avant qu'il ne recommence à s'emparer de moi. Je déteste quand les souvenirs s'invitent et viennent me rappeler ma honte, alors je crie, je vais chercher au fond de mon ventre le plus rauque de mes grognements.

Je balaie l'air de la main et m'arrête brutalement. Je reconnais la douleur du coude qui heurte un mur en bougeant. Je sursaute au grand fracas qui suit : ce n'est pas une paroi que j'ai cognée, mais un écran d'ordinateur. En arrivant au sol, il se fend en deux. Cela me paraît si simple – un chemin tout tracé pour ma rage – que j'en pousse un autre, puis un troisième, qui explosent, et rendent le silence encore plus assourdissant.

Je ne fais que passer, que pousser, que faire de la place.

Je bouscule les tours, les disques durs. Je fabrique sur le lino une grande guerre des machines, dans laquelle elles auraient définitivement perdu. Je fais tomber une ou deux tables par-dessus, jusqu'à ce que ça dégueule de composants électroniques. Qu'est-ce que ça a dans le ventre, ces boîtes auxquelles on confie toutes nos données ? Est-ce que je vais trouver un éclat de vérité dans le brillant d'une brisure ? Est-ce que sera résolue, par miracle, l'équation de mon existence ?

Dans le tas, un des ordinateurs encore branchés grésille, étincelle. L'embrasement est sans à-coups, fluide sur une dizaine de centimètres.

C'est un effet d'optique ou le rougeoiement d'un câble ? C'est moi qui tremble, ou ça crépite ?

Une légère fumée commence à se répandre, à la hauteur de mes chevilles. Tout à l'heure, j'ai laissé tomber toute la liasse de feuilles. Est-ce que c'est elle qui s'embrasera en premier ? Je me prends à espérer que oui. Je ne pense pas au danger, mais à la disparition salutaire de toutes ces notes. Sur des dizaines de pages, les faits et gestes de chacun, des surnoms, des objectifs secrets à atteindre. À quelle vitesse le mépris prend-il feu ? Combien de temps mettra-t-il pour fondre avec le plastique de nos fils électriques et de nos boîtiers ? Je dresse la liste de tout ce qui peut ramollir sous la chaleur, la mousse des chaises, les chiffres, les données, les sacro-saints *carnets d'adresses*.

Je reste là, immobile. Me chauffe aux premières flammes. Satisfaite d'être revigorée, et que plus rien en moi ne s'alerte. Je me souviens de mon état de détachement. De la liberté que je ressens depuis hier soir. Je reviens au léger flottement que je suis heureuse d'avoir retrouvé et qui me convient si bien.

Je mets du vent sous mes pieds pour soulever mon squelette.

Je ne veux plus d'un corps moins dansant, moins vivant que celui-ci.

Quand je reviens à la conscience, j'ai le visage au niveau de la fumée, je suis écrasée au sol, bercée par la chaleur. Je flotte au-dessus de l'épais nuage ou est-ce lui qui me soutient ? Je cherche des doigts une blessure sur mes tempes, mais ce n'est que de la sueur. Il ne faut pas que je me laisse faire par la douceur de ce brouillard. Il ne faut pas que je m'endorme. Ce n'est pas ce que j'ai prévu comme sortie définitive. Surtout pas. J'ai le temps de me demander ce que serait le contraire d'être réduite en cendres, et aussi comment la nappe épaisse réussit à se frayer un chemin aussi simplement entre les cloisons, alors que, moi, jamais je n'y suis parvenue.

J'admire avec quelle fluidité elle parcourt le dédale.

Je crois que je serais capable de me laisser glisser avec elle et d'envahir l'espace.

Mais, qu'on l'appelle fureur ou liberté, une force doit m'aiguillonner encore, elle m'empêche de me dissoudre en m'obligeant à revenir rapidement à moi. En apnée, je reprends les commandes, chargée d'une nouvelle électricité. Maintenant c'est moi qui crépite.

Je me relève et tente un mouvement ample, puis un autre. Il est aussi vital de vérifier que je ne me heurte plus à rien que de fuir.

Même ma douleur, désormais : transparente et fantôme.

Dans l'urgence, la question de la direction ne se pose plus. J'aurais aimé avoir plus tôt des évidences aussi nettes. Pour m'extraire il me faut suivre les flèches. C'est simple. C'est écrit là. Sortie de secours. Silhouette blanche sur fond vert et traits impeccables pour toute musculature. Je la poursuis des yeux. Je comprends pour la première fois son urgence. On dirait qu'elle court, la silhouette, d'une porte à l'autre, d'un étage à l'autre. Elle a pigé avant moi, me montre le chemin comme un lapin pressé lancé dans sa course (mais je n'ai plus l'âge ni le temps de basculer dans un terrier caché. Pas d'humeur à la merveille). Depuis combien de temps me montrait-elle la voie ? Sous mes yeux, depuis combien d'années mimait-elle l'évidence de la fuite ?

Je prends des escaliers qui tournent dans un sens puis un autre. Pousse des portes coupe-feu et respire mieux. Mets tout mon corps en jeu. Jusqu'à sortir de ma sidération. Je cours dans l'escalier vide d'une tour vide, sans savoir quel cataclysme m'a laissée seule au monde. J'entre en imagination dans les visions de tours qui s'effondrent, d'une foule qui se masse où elle peut avant évacuation. Il me semble entendre des sirènes. Ma sensibilité à la catastrophe s'est cristallisée dans ces images-là, à la sortie de l'enfance, cadeau de bienvenue ou avertissement.

Je garderai toujours sous les paupières le faire-part de ce siècle, mauvais remake de science-fiction.

J'ai su, plus tard, les corps qui se jettent du haut des tours pour échapper au feu.

J'ai grandi avec la possibilité des corps qui tombent.

Je reprends mon souffle.

Je m'appuie contre un mur de la cage d'escalier.

Tout est stable.

Je ne serai pas un de ces corps qui tombent.

Je ne serai pas.

Mais pourquoi se fait-il qu'une douleur me plie en deux ? Pourquoi cette pensée m'arrive maintenant, comme un uppercut ?

Oh non.

Oh non.

Ça s'était effacé de ma conscience.

Comment ça avait pu ?

Je ferme les yeux, et le sanglot que je retenais depuis plusieurs semaines me saisit enfin à la gorge. Éclate.

Je me souviens d'un seul coup de cette fin de journée-là, du secret qui courait, ça avait d'abord été confus, quelques rumeurs étouffées, comme toutes ces affaires dont la presse ne dira jamais rien, mais qu'on apprend par un bruit de couloir : le collègue qui m'avait mise en garde, une fois, dans le hall, celui dont je ne sais presque rien sinon qu'il s'appelle Marc et qu'il travaillait depuis deux ans tout seul à l'étage inférieur,

Marc,

qui n'apparaissait plus dans la liste du personnel et que nous avions fini par oublier :

il a brisé une vitre avec ses poings,

il s'est jeté il y a un mois par la fenêtre.

Le corps de Marc, je ne sais pas qui l'a trouvé. Au matin il n'y avait plus de traces.

Je n'ai posé aucune question. À personne. J'avais peur qu'en en parlant ça se mette à devenir réel, ça se mette à me concerner.

Je me redresse.

Je souffle pour que mon estomac arrête de me faire mal.

Je transpire.

Je vacille, mais petit à petit parviens à retrouver de la force et de l'amplitude dans mes enjambées.

Dans cet escalier de secours, je dis ma honte – pour Marc, pour tout le reste. Ridicule filet de voix humaine dans l'interminable descente.

Je ne sais plus lors de quelle bascule ça a commencé, exactement.

Quelque chose s'est accéléré. C'était après les élections et de nouvelles modifications dans notre hiérarchie. Les instructions se sont mises à changer de nature. Notre temps ne devait plus servir qu'à rendre des comptes, qu'à réécrire nos gestes dans de longs dossiers pour en justifier chaque choix, et à faire le tri, entre nous, puis entre tous les autres.

Nous avons été quelques-uns à mollement réagir. Le coup de couteau d'une idée trop grossière a provoqué quelques remous.

Et puis nous avons plié, *avalé la couleuvre*, nous nous sommes tus en attendant de nous habituer. Nous avons rejoint la majorité silencieuse. Nous nous sommes accoutumés aux théories imposées, présentées comme indispensables, et contraires à nos convictions. Nous avons progressivement oublié que nous nous tenions penchés, tordus, à nous en rendre malades.

Nous avons suivi la pente, dont on sait qu'elle est hostile aux uns et favorable aux autres. J'imagine que nous espérions sauver un peu de notre peau.

(NOTRE PEAU, CE N'EST PAS GRAVE.
CE N'EST PAS DE NOUS
QU'IL S'AGIT DANS LE SACCAGE.)

Bientôt, je n'ai plus travaillé que pour sauvegarder ma place et justifier mon salaire.

De loi en loi.

De compromis en compromission.

Jusque dans les rapports les plus confidentiels, où la parole peut dire tout et son contraire, pourvu que le dernier mot soit celui qui rapporte le plus.

Je n'ai pas eu la force de mettre mon corps plus tôt en travers de la machine. J'ai nagé à contre-courant dans le flot glacé des nouvelles directives. Cela n'a pas suffi.

Je continue à courir, même quand la toux tente de me ralentir en me pliant en deux.

Je suis essoufflée, mais la fumée ne m'a pas suivie jusqu'ici.

J'atteins les tout premiers étages.

Je me rapproche de la rue, en perçois le bourdonnement lointain.

Il n'y a toujours personne.

Alors ?

Est-ce qu'il y a une réponse, ici ? Qu'est-ce qui est arrivé aux autres pour qu'ils ne soient pas au bureau, ce matin ?

La seule chose que je réussis à visualiser, c'est une pluie de corps, spontanément jetés, arrivés au bout du supportable. Ont-ils eu l'espoir d'un envol ?

Je veux chasser cette idée, le son des impacts, le son des cadavres, peut-être, qui s'empilent sur la dalle.

Je cours en fermant les yeux.

Je les rouvre.

Il n'est pas question que je chute.

Je veux arriver en bas, voir par moi-même, confirmer la vision que j'ai, dans laquelle, comme dans un tableau de Bosch, de minuscules créatures se précipitent dans les flammes, à l'arrière-plan d'un monde bizarre et tourmenté.

Les derniers escaliers sont plus larges et plus lumineux. Ceux-là, on les prend pour l'apparat, pas pour l'urgence vitale.

L'image du bloc de secours m'adresse un dernier signe et se perd quand je pousse la porte.

J'ai la tête qui tourne un peu. Il me faut un moment pour comprendre où je me trouve.

Je reconnais la grande entrée.

Tout est baigné de lumière, à croire que l'architecture entière a été pensée pour l'aveuglement permanent, et pour ne croiser personne, ou seulement sous la forme de silhouettes surjouant l'empressement. Pas un matin je n'ai trouvé naturel de passer la porte.

Pendant quelques secondes, je suis perdue, je ne sais plus dire à quoi servent les comptoirs de chaque côté des portes vitrées, qui font ressembler ce hall à celui d'un aéroport. Je ne sais plus pour quelle croyance on bâtit ces imitations de cathédrales.

Quand tout reviendra à la normale, chacun des visages des autres se reflétera à la place du mien dans ces vitres, et leurs yeux porteront les mêmes interrogations : il est impossible que je sois la seule à me poser la question de mon *adhésion*, de ma présence entre ces murs.

De plus en plus de personnes refuseront le dessin du labyrinthe, chercheront la liberté dans une autre dimension, et regarderont, incrédules, le décor d'une époque où se faisaient et se défaisaient des carrières illusoires.

Je sais que les ordinateurs que j'ai laissés se consumer là-haut seront remplacés, qu'on partira à la recherche des fichiers perdus, que dans quelques heures à peine les contacts seront rétablis.

Mais ils imploseront, de nouveau. Et encore. Chaque fois que ce ne sera plus tenable, un corps comme le mien les entraînera dans sa chute. Et il sera de plus en plus difficile de remettre en place le décor, de recommencer chaque matin la représentation du même spectacle. Quand bien même on réussirait à maintenir les machines en bon ordre de marche, à garder la lumière agréable et choisie, les allures dociles, les rires flûtés, quand bien même on jouerait avec les tripes le rôle de notre importance : il n'y aura bientôt plus de spectateurs pour applaudir nos mascarades.

À bout de forces, je m'appuie sur un des comptoirs. Dans quelques minutes, tout ira mieux.

Je n'ai pas déclenché d'alarme en déambulant dans ce lieu. Ce n'est pas la première fois que ça m'arrive. Je sais que je suis capable de cette présence furtive, d'être là sans être remarquée à aucun moment, par les humains comme par les caméras. Je suis de celles qui déplacent à peine la poussière sur leur passage, dont on ne pourrait jamais attester qu'elles ont séjourné dans un appartement, retirant les draps derrière elles, ramassant les miettes.

Et même si toutes les alarmes hurlaient, il est évident que personne ne surgirait pour me demander ce que je fabrique. J'ai encore un peu de temps avant de rendre des comptes.

Derrière les vitres, le parvis net, des voitures un peu plus loin me rappellent que le monde ne s'arrête pas à ce hall d'entrée. J'oublie la vision des cadavres, embrasse des yeux le champ libre.

Alors, plutôt que de chercher une nouvelle sortie de secours, j'empoigne un pot métallique qui se trouve à quelques pas de moi. Vide, lui aussi, comme tout, ici.

Je le soulève. Le projette contre la vitre de l'entrée principale.

Bien sûr, c'est solide. Ça ne cède pas. À peine un *poc.*

Je recommence.

Encore.

Et encore.

À m'en faire mal à l'épaule.

À en crier quand je prends mon élan.

Cent fois je refais le même geste, passionnée par l'étoile qui commence à se dessiner, jusqu'à ce qu'un pan entier du mur de verre éclate.

J'y passe le bras, le poing serré. J'ouvre le trou d'air dans la vitre, et la traverse.

Nous ne sommes pas égaux dans la prostration. Non. Quand certains retrouvent le confort utérin dans le creux de leur fauteuil, regardant au journal télévisé quelques gros plans sur des poubelles éparpillées, d'autres reprennent le chemin de leurs garages, de leurs trains de banlieue. Nous passons les mains sur nos visages une dernière fois pour effacer les marques d'inquiétude et d'insomnie, pour ne pas avoir l'impression que c'est à travers nous que s'est déployée la tornade.

La route est praticable. Dès la fin de la journée, il ne restera plus trace des intempéries de la nuit. D'ailleurs, la météo, toujours bien alignée sur les dictons populaires, annonce le beau temps après la tempête, énumère les saints que nous fêterons dans ce calendrier immuable qui nous rassure.

On peine à croire qu'il ait pu y avoir du vent tant l'air est paisible à l'approche de nos bureaux. Nous aimons ce trajet et sa promesse d'ascenseur.

— Ne restez pas là.

À peine posons-nous un pied sur le parvis qu'un jeune pompier s'avance vers nous. Sa présence est surprenante. Nous ne sommes pas de ceux qu'on alpague, de celles vers qui on accourt. Nous faisons d'abord semblant de ne pas l'entendre : après cette journée de bouleversement, nous n'avons pas prévu de parler si vite dans le déroulement de notre film. Nous ne sommes pas d'humeur à poser des questions qui feraient avancer l'intrigue. Nous aimerions au moins quelques minutes de concentration, nous refaire un visage important, avant de mettre en route les caméras et de déclencher l'action.

— L'accès est coupé pour le moment. Raisons de sécurité.

Nous essayons de faire coller à notre scénario mélodramatique ce corps décontracté qui casse la perspective et continue à avancer vers nous.

— S'il vous plaît ? Je vous demande de rester en arrière. L'immeuble est fermé. Il y a eu un début d'incendie. Il peut y avoir des émanations toxiques. Il faut vérifier si la tempête n'a pas précarisé la base. On nous a signalé des fissures. Ne restez pas ici, c'est plus prudent.

Nous identifions, en effet, un trou dans le verre de la porte d'entrée, sans savoir quel lien il nous faut faire entre cette béance, le début d'incendie et la tempête de cette nuit. Mais c'est tout Hollywood que convoque ce trou.

Un ruban de signalisation rouge et blanc tendu quelques mètres avant l'entrée nous renvoie à notre échec : nous étions prêts à reprendre la routine avec ce retard de quelques heures qui la rend exceptionnelle, mais c'est impossible. On s'agite, on hausse le ton. Aucun d'entre nous n'est assez indiscipliné pour se glisser de l'autre côté des barrières. Un attroupement se crée. Le pompier répète. Qu'est-ce que la tempête a bien pu fragiliser ? Sensibles à l'autorité de son uniforme, nous finissons par le remercier d'avoir sauvé nos vies.

On se dévisage, les bras ballants devant la Rubalise.

Nous n'aimons pas le frémissement qui nous parvient du reste de la ville. Il nous semble que, depuis ce matin, ça arrive de tous côtés, comme si ça commençait en haut de la colline et que ça descendait lentement vers le centre, jusqu'au fleuve : une même coulée d'effervescence traversant chaque corps, un même chuchotement insistant. Où qu'on s'avance, on est pris par le flot, d'un trottoir à l'autre, d'une entrée de boutique à l'autre où l'on passe un coup de balai pour espérer rouvrir dans la normalité. Chaque geste semble légèrement décalé, déplacé par le reste de tempête.

Nous pourrions remonter le courant, espérer y prendre notre place et nous laisser porter par les mots que nous y entendons. Mais ce serait accepter d'écouter de ce que nous avons déjà *archivé* en mémoire : le récit de la façon dont ce quartier a été bouclé pour vérification des structures, celui des répercussions dans des lieux plus éloignés, que la tempête n'a pas touchés et où, pourtant, tout est allé de travers.

Ça fait un moment que tout va de travers, répond à la volée une femme qui en a vu d'autres et n'est pas du genre à se laisser impressionner. *Depuis le temps qu'on nous en parle, de l'effondrement, ça ne s'effondre jamais pour tout le monde, croyez-moi,* et elle part le menton haut, comme si c'était elle que l'on avait accusée d'avoir sapé les bases de la ville.

Des employés municipaux rebranchent les feux tricolores, la circulation reprend le cours qui est le sien. On remet des tuiles sur les toits, on refixe les chenaux détachés des murs. On ose rouvrir les fenêtres pour laisser entrer dans les appartements un air plus apaisé.

Sur le bord des routes, on érige de petits terrils avec les débris, et c'est à quel quartier dressera le tas le plus haut.

La tempête s'est poursuivie vers l'intérieur des terres, s'est couchée au pied de la montagne. On dit qu'elle s'était certainement perdue, que d'habitude c'est de l'autre côté de l'océan qu'elle se déchaîne.

On revient dans chaque conversation à la fermeture des bureaux, pour s'étonner qu'un coup de vent ait pu fragiliser des immeubles aussi robustes, ça ne tient pas debout. *C'est le cas de le dire*, rigole une fille dont on ne sait pas comment elle a pu entendre quoi que ce soit, avec son casque sur les oreilles. Les bases des bâtiments seraient minées depuis longtemps. Grignotées jour après jour. Des champignons attaquant la pierre. Des carrières béantes sous nos pieds. On parle de rats, leur armée souterraine creusant de minuscules trous, nuit après nuit.

On aurait dû y penser, avant de tout construire sur du vent.

L'usure, l'usure, répète une femme à la voix de panthère, laissant lugubrement traîner les syllabes.

Plutôt, la coupe-t-on, *un effet de négligence et d'incompétence.*

Devant le supermarché, on s'interroge : *Tu connais, toi, des gens qui travaillent là ? Ça doit trembler dans les hauteurs.*

On n'est pas loin de parler d'attaque et de complot, de menace terroriste, de secrets bien gardés par les services du même nom.

On imagine la ville privée de ses tours, on sait comment ça fait trembler le monde ensuite, pendant encore des décennies. On rêve malgré tout de villes horizontales.

Qu'est-ce qu'il peut bien y avoir dans cet immeuble pour que de tels moyens aient été déployés ? *C'est là que se font la pluie et le beau temps*, dit un vieil homme qui sait de quoi il parle.

Sur les berges, en arrivant vers le pont, on évoque une opération de défense. Ou peut-être une enquête. Il y aurait un colis piégé, des menaces de mort. Certains ont trempé dans des affaires, il y aura des représailles. Au milieu du pont, c'est d'un braquage qu'il est question. On guette les sirènes, le bruit des pales d'hélicoptère, mais le silence, finalement, est tout aussi anxiogène. On a l'idée d'un feu qui couve, d'un événement puissant dont très bientôt on verra s'élever les volutes de fumée.

De source sûre, on rapporte que des ordinateurs auraient brûlé. On prononce les mots *pirates* et *hackers* et, bien sûr, en en les répétant, on fait flotter dans l'imaginaire de chacun un grand drapeau noir. On tremble pour ses petits secrets bien cachés dans les *data centers.* On se représente l'explosion des mensonges et des adultères. On ne sait pas ce qui sera livré ou non en place publique, maintenant que le vent a soufflé dans les données personnelles. On pense que, s'il y a des failles à l'endroit le plus haut, c'est sans aucun doute sur les têtes de ceux qui sont en bas que ça finira par retomber. On ne sait pas si c'est une chance ou une catastrophe. On emploie de grands mots pour en tester l'effet.

Dans le kiosque, les journaux n'ont pas encore été livrés. On dit que plusieurs journalistes ont perdu la foi dans l'idée de la vérité. Qu'il faudra attendre demain pour y comprendre quelque chose.

On dit qu'une femme, cette nuit, s'est jetée du toit.

Au niveau de notre service, les débris ont été débarrassés, mais il reste cette odeur de plastique fondu qui réactive les migraines et les mauvais pressentiments. Le balai a été passé dans les moindres recoins, et des tables neuves ont été posées pour nous donner des semblants de repères. Nos regards, sans arrêt, reviennent aux traces noires qui descendent des plafonds.

Les informaticiens, depuis ce matin, rebranchent et réparent. Certains affirment que tout cela n'est pas dû à un orage, mais à la chute simultanée de plusieurs écrans. Nous pensons séisme. Nous posons nos mains sur les tables pour ne pas flancher.

Pour autant, nous ne sommes pas mécontents de la virginité inédite de nos boîtes de réception. C'est le début d'une toute nouvelle ère.

En attendant qu'on nous livre des machines neuves, émus de retrouver parmi les vestiges une tasse ou un clavier, nous trions les papiers qui ont échappé au désastre. Nous passons de poste en poste et redécouvrons nos visages comme si nous étions restés cloîtrés plusieurs mois.

Quand arrive la pause de midi, nous sortons de nos bureaux au même moment sans nous concerter, et nous rions de ce hasard. Nous sommes heureux de nous retrouver en même temps dans le couloir. C'est devenu rare, ces bousculades joyeuses à l'appel de nos estomacs.

C'est en nous mettant en marche vers la sortie que l'un de nous est attiré par une petite perle qui brille, au sol. Une boucle d'oreille. Il se penche et la ramasse. À côté de lui, quelqu'un s'exclame que c'est à Claire, qu'il reconnaît sans aucun doute le style de Claire, et nous nous étonnons de la voir arriver dans nos conversations.

Nous décidons ensemble de l'endroit où nous achèterons notre repas aujourd'hui.

Nous avons tant de choses à nous dire.

Il ne nous faut pas longtemps avant d'évoquer de nouveau Claire. Nous passons et repassons le bijou entre nos doigts.

Elle est la seule à ne pas avoir répondu aux messages de notre groupe de collègues. Elle n'a envoyé aucun sourire en réponse à la photo de nos enfants courant dans le jardin après le retour du beau temps. Dans nos comptes et nos retrouvailles, ce matin, elle faisait défaut.

Nous n'avons pas sous les yeux de quoi vérifier les plannings, et déjà l'évocation de ce mot nous paraît lointaine et fatigante. Avait-elle, oui ou non, posé sa journée, ses vacances ? Nous n'avons pas tenu le compte des allées et venues de Claire. Nous la connaissons plutôt pour son assiduité, mais n'a-t-elle pas le droit à une vie privée, elle aussi, de temps en temps ?

Il arrive qu'elle aille simplement retrouver ses parents, où déjà ? Pas loin, mais dans un de ces *bleds* dont nous oublions toujours le nom.

Sur une table qui n'a pas fondu, nous trouvons son téléphone, éteint. D'un coup, tous nos sens sont aux aguets, car il est entendu que personne – même Claire – ne pourrait décider de son plein gré de s'éloigner de cette source de vie et d'information. Parcourus par la même pensée, nous nous regardons, mais il semble évident qu'on nous aurait prévenus si un corps avait été retrouvé à l'étage, dévoré par le feu avec nos mémoires vives.

(Nous repoussons avec force un sentiment de déjà-vu – quand était-ce déjà, le corps de cet homme, l'enquête qui avait suivi ? Nous nous rappelons nos têtes baissées, nos balbutiements, vraiment nous n'avions pas su dire de qui il s'agissait, seuls les plus anciens se souvenaient de ce Marc, de sa propension à nous faire douter du bien-fondé de nos décisions les plus productives.)

Nous ne pouvons pas nous empêcher de penser au départ précipité de Claire, l'avant-veille, à cette première *alerte* que nous avons préféré oublier. À la boucle d'oreille que nous sortons d'une de nos poches et qui nous brûle à présent les doigts.

Nous voyons des liens partout, mais ne comprenons plus rien.

Pour en avoir le cœur net, nous avons l'idée de l'appeler et réalisons, en quelques secondes, qu'elle ne nous répondra pas.

Nous ne parvenons pas à rattraper le retard dans notre travail, pourtant nous sommes toujours très bien organisés.

Nos pensées, sans arrêt, nous ramènent à Claire.

A-t-elle cherché à nous parler de son départ ? Nous a-t-elle confié une décision, un choix intime ? A-t-elle été embauchée ailleurs sans que nous l'ayons compris ? Nous peinons à nous convaincre des scénarios que nous élaborons.

Dans le doute, alors, toute notre inquiétude se focalise sur ce qui aurait pu lui arriver dans la nuit. Nous n'osons pas dire tout haut les images macabres qui nous traversent, Claire en cendres sous nos pieds, Claire étendue sur la chaussée, un arbre en travers de la poitrine et les bras désarticulés de part et d'autre du tronc, Claire un pot de fleurs sur la tête et tout le sang déversé sur le trottoir, le sang fleur rouge de Claire. Potentiellement, c'est la première fois que nous connaissons quelqu'un sur qui s'est acharnée une tornade.

Nous épluchons les journaux, traquons en ligne la moindre trace de fait divers et d'accident.

Quand, les heures passant sans mauvaise nouvelle, nous comprenons qu'il n'y aura pas de cadavre – *pas d'autre cadavre*, glisse l'un de nous mais nous ne l'écoutons pas –, nous essayons de reprendre l'histoire où nous l'avions laissée, à la porte claquée, à la fin de la réunion.

Nous la voyons tout à fait se rendre à la gare et, dès le début de la soirée, monter dans le premier train vers le sud. C'est comme si nous pouvions l'observer, à présent, se vautrant dans les clichés de fugue et de villégiature. Nous n'aimerions pas qu'elle ait plus d'imagination que nous, qui attendons patiemment qu'on nous dise où aller, dans les feuilles de route ou les lignes de la main.

Nous parions qu'elle est du genre à choisir un endroit de littoral et, puisant dans ses petites économies, à connaître le blues des plages hors saison, leur froid cruel, leurs restaurants fermés jusqu'en juin, où des chaises ligotées entre elles prennent la poussière derrière des stores baissés. Nous l'imaginons sans mal se complaire dans cette mélancolie, marcher pieds nus dans le sable encore glacé, sourire aux retraitées méfiantes, puis prendre un bus pour changer de paysage.

Il nous est plaisant de nous représenter ensuite Claire marcher de longues heures en montagne, jusqu'à une bergerie où elle resterait trois jours et comprendrait quelque chose sur sa vie et sur la nôtre.

Nous n'aurions aucun mal à admettre qu'elle a rejoint la cohorte des exécuteurs de road trips confortables, biberonnés aux images de route 66 et de westerns contemporains, persuadés qu'il existe une terre vierge de tout, mais surtout d'eux-mêmes.

À bien y penser, l'aventure ne semble pas incompatible avec Claire, son regard juvénile et ses cheveux à la garçonne. Oui, il est même rassurant d'imaginer Claire entreprendre le tour de la Terre, Claire en vacances, Claire à la plage, Claire fait de l'alpinisme et Claire prend l'avion pour un village perdu à l'autre bout du monde.

Oh, comme elle nous paraît belle, cette femme entre deux âges qui n'a pas renoncé à ses rêves et qui court vers son bonheur en se trouvant elle-même, ainsi qu'il est recommandé dans les manuels pour être heureux.

Nous préférons lui inventer de grands dépaysements plutôt que de la visualiser (mais ça y est, nous avons ouvert cette porte, et c'est une idée mauvaise, que nous voudrions n'avoir jamais eue !), en treillis, les traits marqués par la violence, une arme à la main, entourée d'une communauté qui aura vu dans Claire une sœur radicale, d'une intelligence stratégique rare, aux longues jambes promptes à l'action.

Étrangement, notre intuition peu exercée reconnaît quelque chose de vrai, pour Claire, dans la résistance ou le combat.

Claire n'y met pas du sien.
Elle n'est pas revenue.
Elle ne nous a pas encore rassurés ni donné raison.
Décidément Claire ne remplit plus son rôle.

Nous avons posé la boucle d'oreille et le téléphone sur l'un de nos nouveaux bureaux. Par ces deux objets, insidieusement, elle resurgit dans nos pensées.

Nous aimerions rendre à Claire ce qui lui appartient, maintenant, allez, et qu'on n'y pense plus, pour rétablir un équilibre, aussi infime soit-il, en lui remettant son téléphone dans la main, en lui raccrochant à l'oreille la perle perdue. Nous n'aimons pas l'idée qu'elle évolue dans le monde avec cette asymétrie, ce poids en moins sur un de ses deux lobes. Où qu'elle soit, nous avons mal pour elle, de cet accroc absurde à son image.

Nous passons nerveusement les doigts sur nos propres oreilles, vérifions aussi nos chaînes et nos alliances.

(À Marc, nous ne pensons jamais, pourquoi comparer, il n'y a rien de comparable. Claire a peut-être eu besoin de prendre l'air, et nous le comprenons. Lui c'est tout autre chose. Très progressivement, nous nous étions mis d'accord sur sa non-existence. Sa mort n'avait été qu'une agaçante redondance. Elle l'avait fait revivre à nos yeux dans un déchaînement de violence alors que nous avions, nous, opéré sans crime et sans douleur.)

C'est de la bonne qualité. (Quand personne ne nous voit, nous faisons tourner la perle entre nos doigts.) C'est un bijou de prix, quel gâchis qu'il soit dépareillé. Nous aimerions que quelqu'un ose empocher cette perle, la ramène chez lui, et débarrasse le bureau neuf de cet objet inutile au travail, qui prendra la poussière. Nous effleure aussi la pensée de revendre le téléphone, ou de le faire déverrouiller pour qu'il nous livre quelques secrets. Mais aucun de nous n'ose être celui qui passera à l'acte.

Nous avons fait ce qu'il fallait, laissé des messages dans tous les lieux possibles où Claire pourrait les trouver, mis la main sur quelques-uns de ses amis, qui, pas plus que nous, ne savent où elle a pu aller. Un amoureux de quelques mois, plus embêté qu'autre chose à l'idée de reprendre contact. Nous sommes passés devant chez elle. Il nous a semblé voir de la lumière, alors nous avons sonné, mais personne n'a répondu. Nous n'avons pas insisté, d'ailleurs nous avons eu un doute sur le numéro, sur l'étage.

Nous avons pensé à ses parents, que l'une de nous, un Noël, avait croisés en ville et avait reconnus avant même d'apercevoir Claire se retourner vers eux. Ils portaient chacun la moitié du visage de Claire, l'un ses yeux, l'autre son nez, l'un sa bouche, l'autre son menton, comme s'ils avaient été soucieux de l'équité, de l'équilibre, de donner à leur fille ce qu'ils pouvaient sans tricherie, exactement.

Nous ne sommes pas allés jusqu'à les contacter, saisis d'une pudeur soudaine à nous aventurer vers ces personnes dont nous ne savons rien. Par peur, aussi, qu'elles nous invitent à les rencontrer, ou qu'elles se mettent à nous raconter leur détresse.

Nous n'avons pas bousculé la tenue de nos réunions, c'est vrai. Nous nous installons autour de nos tables, buvons notre café et prenons des notes que nous ne relisons pas, mais qui constituent pour la postérité de précieuses indications sur l'avancement de notre civilisation.

Tout ce que nous souhaitons à présent, c'est que le vent ne se lève pas de nouveau, qu'il reste enclos dans les chapitres précédents.

Je ne sais pas ce qu'on voit lorsque l'on me regarde.

Une femme.

Encore jeune.

Un peu moins soignée qu'elle ne l'a été, ou soignée autrement,

Soignée de l'intérieur.

Arrêtée parfois où personne ne s'arrête, surtout en pleine journée.

Je marche, et découvre qu'aucune route n'est terminée, qu'il y a toujours la possibilité du trou dans lequel trébucher, de l'irrégularité du trottoir, et cela m'amuse.

Beaucoup.

Il arrive que j'esquisse, entre deux aspérités du sol, un mouvement de danse.

Je ne cherche pas à accrocher de regard, mais je ne recule pas quand on croise le mien.

Je donne même un sourire, j'essaye au moins d'être un accident minime qui fait ralentir le pas. Un objet d'étonnement.

Quand on me parle, je réponds, je reste silencieuse des jours entiers ou je fais des rencontres, mais je suis heureuse de sentir que je suis enfin devenue :

indisponible,

impossible à utiliser pour rien,
contraire à l'ordre des choses et à l'avancée du progrès.

Depuis plusieurs jours nous sentons, sur la nuque, un souffle continu, comme si on nous attaquait de l'intérieur. Il nous arrive d'imaginer une main attrapant nos cols pour nous faire tomber de nos sièges.

Un matin, l'une d'entre nous finit par lever les yeux et comprendre : une trappe de secours est restée entrouverte. C'est donc ça, qui fait entrer ici le printemps sans autorisation.

(Nous n'avons rien contre le printemps, mais nous aimerions qu'il sache rester à sa place.)

Une équipe part chercher un escabeau dans le local de ménage. C'est notre récréation : traverser l'étage avec des allures d'ouvriers, nous répartir les tâches : *tu tiens, tu surveilles, je grimpe.*

Deux d'entre nous font le guet, chacun à un bout du couloir. Il ne s'agirait pas d'être pris en faute, même si nous ne savons plus ce qui est une faute et ce qui n'en est pas une : nous avons été rendus à l'état d'enfants inconscients des limites et des dangers.

L'heureux élu, celui dont on a décidé qu'il ferait l'ascension, gravit fièrement les échelons et fait des blagues de gosse, ceux qui l'entourent s'amusent à bouger latéralement l'échelle pour lui donner une petite frayeur. Nous rions beaucoup. D'autres sortent de leur bureau, commentent, applaudissent.

Le grimpeur en profite pour montrer qu'il a des muscles sous la blancheur de sa chemise, il fait des tractions sur le bord du battant, et quand son nez arrive au niveau de l'ouverture il s'arrête. Il a vu quelque chose.

On l'aide à se hisser tout à fait, cette fois. On le voit plisser les yeux, prendre à cœur son rôle de vigie.

— C'est quoi ? Une chaussure ?

Le premier a, en effet, une chaussure en main, il est fier de pouvoir poser un diagnostic : c'est donc elle qui empêchait la trappe de se fermer complètement.

Nous sommes quelques-uns à monter à sa suite.

En faisant quelques mètres sur le toit, un autre trouve la deuxième bottine, il s'en saisit avec vigueur.

— Ce sont les chaussures de Claire, assène-t-il, et nous le croyons.

Encore une fois, nous hésitons, à l'intérieur de notre scénario, entre l'aventure et son exotisme, ou la brutalité réaliste du feuilleton policier.

Pourquoi et par qui Claire aurait-elle été déshabillée de ses chaussures ? Nous frissonnons, et nous répartissons sur l'étendue de la terrasse pour vérifier qu'il n'y a pas de vêtements à elle, ou pire. Nous nous approchons d'un amoncellement de planches et de bâches qui recèle peut-être ce que nous redoutons le plus, nous nous préparons au plus angoissant des plans de notre film, celui où un bras ou une jambe surgit après un mouvement de caméra, mais non.

En quelques mots, nous évoquons la possibilité d'appeler la police, de signaler la disparition de notre collègue, de livrer en des mains expertes les indices que nous avons. Mais aussitôt nous faisons volte-face : qui sommes-nous pour prétendre que Claire a disparu pour de bon ? Nous aurions l'air malin alors si, pendant que nous nous alarmons, elle était en train de faire la fête avec d'autres amis que nous, riant d'imaginer nos têtes, mimant nos regards apeurés.

Au bout de plusieurs tours de cheminée, nous nous détendons. Nous n'avons rien trouvé de plus inquiétant. Aujourd'hui, aucun malheur ne nous sautera au visage. Nous reprenons foi dans la solidité de nos vies.

Sur le coin de table maintenant réservée à Claire sont posées ses deux chaussures. Nous pensons à la façon dont les détectives relient les pièces à conviction, sur de grands tableaux dont le désordre finit toujours par faire surgir une évidence. Mais nous avons beau passer et repasser devant notre *collection*, rien ne nous aide à scénariser la conclusion de nos films. Aucune preuve ne nous permettant d'établir une reconstitution fiable.

Il nous arrive d'en vouloir à Claire de son manque de transparence. Ses explications sont un dû dont elle nous prive délibérément. Même sa chaise vide est un trou qui nous aspire et nous nargue. Il nous suffirait d'un rien pour tomber dans la mélancolie.

De plus en plus souvent, nous avons peur qu'un mot de nos rêveries nous échappe, et qu'il ne soit pas au goût de la nouvelle direction, avec qui il n'est pas question de plaisanteries, mais de lignes droites, de lignes dures.

Cette équipe toute neuve est arrivée aux commandes il y a deux semaines, sans que nous ayons été prévenus. Elle a remodelé les postes, fait bouger les cloisons. Les directeurs parlent d'audace et de fraîcheur. De dégraisser les effectifs, d'une saignée qui vivifiera notre organisme. Ils sont modernes, ouverts au rapprochement avec les plus grandes entreprises privées. Ils ont des projets d'aménagement pour l'étage désaffecté juste au-dessous du nôtre.

Leurs gestes sont larges, et leurs mains font mine de découper l'atmosphère en tranches. Dans l'air, des schémas limpides programment ce qui doit être et ce qui ne le doit pas, décident de sacrifices nécessaires au progrès. Nous sommes dirigés par des oracles dernier cri.

Nous faisons de notre mieux, mais un matin, l'un d'entre nous est pris d'une nouvelle frayeur quand une béance lui apparaît dans le couloir : une grande crevasse claire comme celle qui n'a pas encore été réparée, dans la vitre à l'entrée de notre immeuble. Il s'agrippe au mur pour ne pas tomber dedans. Quand il regarde une deuxième fois, le vide a disparu, mais lui, il perd imperceptiblement de sa droiture et se met à tituber.

Nous évitons de regarder partout où apparaissent les trouées. Dans la même journée, deux autres collègues en font l'expérience. Curieux, ils s'en approchent, commencent à y voir des couleurs et des paysages, des morceaux de nature brute qui les appellent et les attirent. Ils se retiennent de justesse de ne pas plonger dans une mer turquoise, de ne pas emboîter le pas à un lapin sur un sentier entre deux arbres.

Nous essayons de garder la tête froide devant le plus flamboyant des couchers de soleil quand il apparaît entre l'escalier de secours et la machine à café, devant la plus douce des plages de sable fin quand elle prend la place du local de photocopies.

Plusieurs heures après ces apparitions, il nous faut lutter pour rassembler les morceaux de nous qui se sont éparpillés.

Un goût de sel, de paille, fait se précipiter l'un l'autre vers un lavabo, se laver frénétiquement les dents.

De tout cela nous ne nous parlons pas. Mais le secret transpire par tous les pores de notre peau, et nos crèmes anti-âge se mettent à fondre doucement, à tracer sur nos joues des sillons étonnants.

Dans les semaines suivantes, nous ressentons des vertiges nouveaux, comme si le sol, à son tour, était devenu de verre. Ce n'est pas flagrant au premier abord, mais nous sommes pris de coups au cœur, chacun à notre tour, en regardant nos pieds. Il nous semble marcher désormais sur une pellicule de glace trop fine et trop transparente. Nous répartissons nos poids sur la surface. Tacitement, nous faisons équipe pour que tout tienne bon.

Nous ne renonçons pourtant pas à venir travailler. Nous apprenons, ensemble, de nouveaux équilibres. Par des œillades, nous nous soutenons.

Il arrive que même nos voix se déforment et fondent, ramollissent comme du verre qu'on aurait fait chauffer. Nous nous habituons à ces accents plus graves et plus traînants. Nos monologues, à présent, se répercutent différemment contre les vitres, n'y trouvent plus le même tintement affirmé et tranchant. Nous percevons, comme de très loin, dans l'écho de nos paroles, la dégoulinure un peu grasse de quelques rires sarcastiques.

Depuis quelques semaines, je constate que mes pas me ramènent vers le fleuve sans que je sache quoi faire de cette obsession.

J'apprends à marcher sans destination, à composer avec mon envie d'eau fracassante, sans décider s'il me faudra suivre le cours de la rivière ou remonter à sa source.

Certains jours, je fais le choix de la remontée et pousse beaucoup plus loin, à l'extérieur de la ville, en direction de l'endroit d'où je viens. Je marche jusqu'au quartier des hommes seuls et des hommes fatigués. Je m'installe tout au bout du comptoir et, par-dessus les chaînes d'information en continu j'écoute les mots répétés, les phrases de rien. Je connais les gestes, le temps qu'on fait traîner jusqu'au moment où plus rien ne justifie qu'on reste assis à cette table un peu collante. Je connais ces visages qui ne se soucient pas de la beauté de leur profil, les mains larges autour des verres – ce qu'il faut c'est tenir, recommencer demain.

Je sais écouter les phrases entre les phrases, localiser la blessure dans un soupir prolongé, puis m'effacer avant d'entrer en compte dans un champ de vision, dans un bout de désir.

Je sors aux heures où les voitures se font plus rares le long des berges.

Quand je quitte les zones urbaines, je coupe à travers les champs et les jardins. Je fais semblant de ne jamais avoir entendu parler de clôtures et de propriété privée.

Je me sens devenir, en marchant, légèrement plus large, moins contrainte.

Je ressens un infime étalement : l'expression, centimètre par centimètre, d'un bien-être tout à fait inédit pour moi.

Les dernières douleurs se sont estompées.

Je prends ma place dans le paysage.

En largeur.

En avançant.

Je prends aussi le temps.

Je le défais de toute limite. De toute obligation.

J'en découvre la version silencieuse, sans horloge.

Il me plaît d'être en avance sur le ralentissement qui vient.

Ce qu'on sait, c'est qu'au milieu du mois d'août, quand la plupart d'entre nous a posé ses congés et sauté dedans à pieds joints avec grand soulagement, une nouvelle femme de ménage a reçu des instructions, ou bien ça a été une initiative personnelle, ou bien elle n'a pas su quoi faire, mais, devant libérer l'espace pour le grand nettoyage annuel, elle a mis les affaires de Claire dans un sac dont nous ignorons ce qu'il est devenu.

Il fallait que tout brille, dit-on. On a repeint ce qui restait de noirceur sur les murs. On raconte qu'à l'étage inférieur la poussière s'était accumulée sur les étagères vides et qu'on les a fait enlever pour redonner un coup de neuf avant l'arrivée de l'entreprise locataire. La même femme de ménage s'est étonnée des inscriptions qu'elle a découvertes sur les vitres. D'une écriture fine, avec un feutre blanc, s'étalait sur plusieurs mètres une série de pensées, avec des dates et des croix sur un grand calendrier : un journal de réclusion.

Non, elle n'a pas pris de photos. Si elle devait garder trace de toutes les bizarreries qu'elle trouve dans nos poubelles...

Nous avons essayé de la faire parler à notre retour, mais elle ne se souvient plus, elle dit que ça a été beaucoup de travail de tout effacer en frottant sans rayer les vitres. Elle a dû s'y reprendre à plusieurs fois, ce jour-là elle est rentrée chez elle plus tard que prévu, ses enfants ont attendu à la sortie de l'école, et on l'a menacée d'alerter les services sociaux. Elle ne pouvait pas s'enlever ces écritures blanches de la tête, et ça l'a contrariée que ce soit tombé sur elle, de nettoyer les dernières traces de l'homme qui s'est tué.

Certains d'entre nous imaginent des poèmes, d'autres des accusations, mais nous n'en parlons pas. Les vacances ont agi sur nous comme une vague d'oubli salutaire, nous revenons bronzés et purifiés par une amnésie choisie.

Nous nous souvenons à peine d'avoir fini par contacter la femme de Marc, juste avant l'été, pour lui présenter nos condoléances ou, qui sait, nos excuses. Nous étions ensemble, un peu gauches autour d'un téléphone branché sur haut-parleur. Elle nous a écoutés, et puis elle n'a plus rien voulu savoir. Satisfaits de la générosité de notre initiative, nous avons pensé que c'était *une bonne chose de faite*.

La porte du bas a été réparée et, quand on s'approche bien, on peut voir qu'elle n'est pas tout à fait de la même épaisseur que la précédente. Nous sommes reconnaissants de cette sécurité de plus. Bientôt nous aurons oublié jusqu'à la possibilité de l'éclatement.

Les quelques démissions qu'il y a eu pendant l'été arrivent comme un soulagement : nous repartons sur de bonnes bases, désormais nous n'aurons plus à chercher les traîtres parmi nous.

Un recrutement pour le poste de Claire sera annoncé dans les jours qui viennent. Quelqu'un d'autre, nous n'en doutons pas, sera heureux d'intégrer notre institution et de prendre sa place dans l'organisme que nous formons, pour en défendre les valeurs. Ce sont les formules que nous écrivons dans l'annonce à paraître. Nous serons vigilants comme jamais sur la qualité de nos ressources humaines.

Ce matin, je regarde les nuages se former, et se remettre en place cette éternelle histoire de tension. Ça y est, le vent les pousse, et l'électricité n'en peut plus, cherche le premier accroc pour embraser le ciel et déchirer l'eau.

Ils avaient mis tant de jours à se recomposer, et voilà qu'un rien les crève.

C'est imminent. Jusqu'à la dernière goutte, ça va rugir, une masse contre une autre masse, un monde contre un autre monde. Là-bas, ça va tremper les vitres, inquiéter un peu. Quand tout sera essoré, on pourra recommencer. Alors, vite, il faudra choisir sa place dans les deux prochaines montagnes d'eau, d'un côté ou de l'autre, et de nouveau se jeter de tout son corps dans la bataille. Se presser jusqu'à disparaître.

Je me tiens, quant à moi, à l'écart depuis plusieurs mois. Il m'a fallu ce temps pour que ma propre électricité se libère.

J'attends la pluie.

Je vois les derniers passants courir vers leurs maisons sans rien chercher à savoir de cet affrontement, serrés sous les parapluies, les pieds rangés dans des chaussures étanches pour se garder des flaques, ne craignant rien tant que le bruit du tonnerre, terrifiés à l'idée des déchirements dans l'air, de la reconfiguration des couleurs de leur ciel.

Pour rien au monde ils ne voudraient se mouiller. Ils ne dévient pas leur trajectoire. Ils sont de ceux qui continuent comme s'ils n'avaient rien senti, rien mesuré.

Ils sont pleins de la glu dont je me suis décollée.

Dans quelques minutes, l'eau du fleuve et l'eau de pluie se mélangeront de nouveau, puis se réchaufferont entre ma peau et la fine couche de néoprène pour me maintenir à une température confortable. J'ajuste la capuche de ma combinaison autour de mon visage. C'est la fin de l'automne, mais il fait encore doux. Je bouge les bras et les jambes pour produire ce qu'il me faut de chaleur corporelle.

Je reste un moment assise sur la berge. Je ne crains plus le petit saut qu'il faut faire pour entrer dans l'eau. Je me suis beaucoup entraînée ces derniers mois. Me laisser glisser a été le plus bel apprentissage.

D'autres sortent de leur voiture. Ils se tortillent pour enfiler leur tenue de plongée avant qu'il ne pleuve trop. D'un pied ou d'un geste de hanche, ils referment leur portière. On se voit. On s'adresse un signe de la main. On attend encore quelques personnes, je crois. Chaque semaine, il y a des nouveaux.

Je commence par tremper mes pieds, toujours surprise de la puissance du courant, de l'obstination avec laquelle la rivière, depuis sa source, creuse elle-même son propre lit.

Une jeune fille est dans l'eau. Je l'ai déjà vue. C'est elle qui m'a invitée à les rejoindre, la première fois.

Comme ce jour-là, elle me sort de ma rêverie par son apparition.

Je m'émerveille régulièrement que tout glisse à si grande vitesse sur son corps effilé, et qu'elle sache, d'un coup vif de ses jambes, remonter si rapidement le courant.

C'est elle qui avait remarqué ma présence, et affirmé que j'étais prête à les rejoindre, elle et tous ceux dont je voyais la tête ou les palmes surgir dans les remous du fleuve.

— On s'entraîne à la traversée.

Sans bien comprendre, j'ai été d'accord sur l'évidence de ma participation. Je suis allée m'équiper pour revenir la semaine suivante.

Elle me sourit toujours. Je ne connais pas son prénom, mais je l'appelle, dans ma tête, par la couleur de ses yeux.

Elle vérifie que je n'ai besoin de rien, et puis elle disparaît en direction de la rive opposée.

J'enfile à mon tour mon masque et mes palmes.

Une fois que les autres sont venus s'asseoir à côté de moi sur le quai et que nous avons échangé les mots d'usage pour nous présenter ou prendre de nos nouvelles, je laisse le flot m'immerger jusqu'à la taille.

J'entends quelques rires.

Je vois un groupe, sur une péniche, s'exclamer et nous faire de grands signes de la main.

Un éclair vient de rayer le ciel, enflammant les hauteurs de la ville. Je les avais oubliées, les hauteurs.

Jamais je ne suis revenue sur mes pas.

Je glisse enfin sous l'eau comme de l'autre côté du miroir. J'aime le moment où la vase obstrue tout, où il n'y a plus qu'à avancer et rien à comprendre. Il m'est devenu naturel de pénétrer dans le fleuve sans avoir peur d'être entraînée loin du bord. Mes jambes s'agitent vigoureusement. J'enfonce mon visage dans le courant, je lui tiens tête. À la surface, je sens les gouttes de pluie s'écraser et dessiner leurs ondes, brouiller par leurs trouées le sens des flots aussi fort, aussi longtemps qu'elles le voudront.

Je souris sous mon masque.

J'accélère.

J'ai réussi les premières étapes, nagé jusqu'aux repères, battu à deux reprises mon propre record d'apnée.

Aujourd'hui, je sais que je vais y arriver. Je vais avancer avec assez de puissance pour traverser en une seule fois.

Ce sera la dernière.

Je n'ai plus besoin de rôder le long du cours d'eau.

J'ai de nouveau l'appétit des routes qui s'éloignent, d'autres cailloux sous ma semelle.

Je n'ai plus d'hésitation sur ma trajectoire, ni de doutes sur ma capacité à aller où bon me semble.

Je nage.

Il me reste beaucoup d'air, et d'un dernier coup de palmes j'atteins la rive.

Je ne sens plus la pluie tomber.

D'un geste, je remercie le groupe. Je me retourne. Je fais face à la ville. Elle est comme un mot qu'on a trop répété et qui s'est vidé de tout sens. Bientôt ce qui l'anime ne sera plus déchiffrable pour personne. On s'en éloignera comme d'une frayeur idiote.

Pour l'instant, de tout mon corps, je vais continuer à élargir le chemin.

Je tends la main pour me hisser.

J'arrive.

Remerciements

Pour l'écriture de ce texte, l'autrice a bénéficié d'une résidence à la Chartreuse de Villeneuve-lès-Avignon, ainsi qu'à la Maison des Écritures de Lombez, avec le soutien de la Région Occitanie.

Elle a également obtenu une bourse du Centre national du livre.

Enfin, une partie du monologue de Claire prend sa source dans une courte pièce radiophonique commandée en 2022 par France Culture et Artcena, lue lors du Festival d'Avignon sous le titre *Plein Ciel*.

Que soient également remerciés relecteurs et relectrices fidèles, pour leur disponibilité, leur patience et leur regard, pour la complicité littéraire qui se tisse et se consolide de livre en livre.

Chez le même éditeur

Julien d'Abrigeon
Sombre aux abords

Robert Alexis
Le Renvers

Yan Allegret
Les Enfants éblouis

Natacha Andriamirado
La Bouée

Philippe Annocque
Liquide
Monsieur Le Comte au pied de la lettre
Rien (qu'une affaire de regard)
Pas Liev
Élise et Lise
Seule la nuit tombe dans ses bras
Les Singes rouges

Bettina Balàka
Murmures de glace

Nick Barlay
La Femme d'un homme qui

Pierre Barrault
Catastrophes
L'aide à l'emploi

John Berger
La Tenda rouge de Bologne

Nella Bielski
C'était l'an 42

Luc Blanvillain
Le Répondeur
Pas de souci
Nos âmes seules
Sur les roses

Julien Bosc
Le Corps de la langue

Lionel Bourg
L'Engendrement
L'Horizon partagé
C'est là que j'ai vécu

Kate Braverman
Lithium pour Médée
Bleu éperdument

Rolf Dieter Brinkmann
Rome, regards

Mathieu Brosseau
Chaos

Ron Butlin
Le Son de ma voix
Visites de nuit

Arno Camenisch
Derrière la gare
Ustrinkata
Sez Ner
La Dernière Neige

Manuel Candré
Des voix

Pierre Cendors
L'énigmaire
Minuit en mon silence
L'Homme-nuit

Jonathan Coe
B.S. Johnson, histoire d'un éléphant fougueux

Marie Cosnay
À notre humanité

Didier da Silva
Dans la nuit du 4 au 15

Denis Decourchelle
La Persistance du froid

Paul Desalmand
Le Pilon

Laure Desmazières
Coupez !

Caroline Deyns
Trencadis
MURmur

Sotiris Dimitriou
Heureux soit ton nom
Dieu leur dit

Anna Dubosc
Koumiko
Bruit dedans
Plus vivant que la vie

Karsten Dümmel
Le Dossier Robert
Le Temps des immortelles

Miguel Duplan
Un long silence de carnaval

Maria Efstathiadi
Hôtel Rouge

Clotilde Escalle
Toute seule

Brian Evenson
L'Antre

Eva Figes
La Version de Nelly

Frédéric Fiolof
La Magie dans les villes
Finir les restes

Marie Frering
Désirée
L'Ombre des montagnes

Eléonore Frey
En route vers Okhotsk

Mihàlis Ganas
Quelques femmes

Undine Gruenter
La Cache du Minotaure
Le Jardin clos

Thanassis Hatzopoulos
Les Oubliés

Bénédicte Heim
L'Inamour

John Herdman
Imelda
La Confession

Paulus Hochgatterer
Brève histoire de pêche à la mouche
La Douceur de la vie

Victoria Horton
Grand Ménage
Attachements

Chrìstos Ikònomou
Ça va aller, tu vas voir
Le salut viendra de la mer

Reinhard Jirgl
Les Inachevés
Renégat, roman du temps nerveux
Le Silence

B.S. Johnson
R.A.S. Infirmière-Chef, une comédie gériatrique
Christie Malry règle ses comptes
Chalut
Albert Angelo
Les Malchanceux

Gabriel Josipovici
Moo Pak
Tout passe
Goldberg : Variations
Infini – l'histoire d'un moment
Dans le jardin d'un hôtel
Hotel Andromeda

Jacques Josse
Cloués au port
Le Manège des oubliés

Anne Karen
Rouge encor du baiser de la reine

Ioànna Karystiàni
La Petite Angleterre
La Houle

Michel Karpinski
La Sortie au jour

Besik Kharanaouli
Le Livre d'Amba Besarion

Mènis Koumandarèas
La Femme du métro
Le Beau Capitaine
Mauvais Anges
La Verrerie

Alain Lacroix
Constellation

Jérôme Lafargue
L'Ami Butler
Dans les ombres sylvestres
L'Année de l'hippocampe
En territoire Auriaba
Le temps est à l'orage
Lisière fantôme

Jocelyn Lagarrigue
La Nuit recomposée

Erwan Larher
Marguerite n'aime pas ses fesses
Le livre que je ne voulais pas écrire
Pourquoi les hommes fuient ?
Indésirable

Michael Lentz
Mourir de mère

Christophe Levaux
La Disparition de la chasse

Hans Limon
Poéticide

Leopoldo Lugones
Les Forces étranges

Eugene Marten
Ordure
En aveugle

Christoph Meckel
Portrait-robot.
Mon père/Portrait-robot. Ma mère

Rafael Menjívar Ochoa
Le directeur n'aime pas les cadavres
Ma voix est un mensonge

Annette Mingels
Romantiques

Marcel Moreau
À dos de Dieu

Mariette Navarro
Ultramarins

Stéphane Padovani
La Veilleuse
L'Autre Vie de Valérie Straub
Le bleu du ciel est déjà en eux

Yànnis Palavos
Blague

Robert Perchan
La Chorée de Perchan

Claudio Piersanti
Enrico Metz rentre chez lui

Eric Plamondon
Taqawan
Oyana
Aller aux fraises

Stamatis Polenakis
Le dernier rêve d'Emily Dickinson

Cécile Portier
De toutes pièces

Horacio Quiroga
Les Persécutés
& Histoire d'un amour trouble

Benoît Reiss
L'Anglais volant

Monique Rivet
Le Cahier d'Alberto

Mercedes Rosende
L'Autre Femme
Des larmes de crocodiles

Vedrana Rudan
Rage

Maïca Sanconie
Amor
De troublants détours
Le Bord du ciel
Zō

Ersi Sotiropoulos
Dompter la bête

Julien Syrac
Berlin On/Off
Poèmes à Faye
La Halle

Laurence Teper
Un cadenas sur le cœur

Pierre Terzian
Crevasse
Ça fait longtemps qu'on s'est jamais connu
Devenir nombreux

Bruno Testa
Dépression tropicale
L'Adoption

David M. Thomas
Un plat de sang andalou
Nos yeux maudits

Pär Thörn
Le Chronométreur

Nils Trede
La Vie pétrifiée

Yannis Tsirbas
Victoria n'existe pas

Arelis Uribe
Les Bâtardes

Stéphane Vanderhaeghe
Charøgnards
À tous les airs
P.R.O.T.O.C.O.L.

Romain Verger
Zones sensibles
Grande Ourse
Forêts noires

Olivier Vigna
L'Appendice des jours

Marc Villemain
Le Pourceau, le Diable et la Putain

Michel Vittoz
Danses du destin

Fanny Wobmann
Les arbres quand ils tombent

Gabrielle Wittkop
Hemlock (à travers les meurtrières)

Laurence Werner David
Un autre dieu pour Violette
Quitter Hurlevent

Catherine Ysmal
Irène, Nestor et la Vérité
À vous tous, je rends la couronne

Zyrànna Zatèli
Le Vent d'Anatolie

Œil de lynx & corrections : Édith Noublanche
Arpenteur & relation libraires : Christophe Grossi, Agence Relief
Relation presse & médias : Aurélie Serfaty-Bercoff, Un livre à soi
Diffusion dentelle : équipe G, Harmonia Mundi *livre*
Passeur passion : votre libraire
Habillage haute couture : Jeanne Vidal

Une âme doucement bouge, elle déplie ses paupières

Achevé d'imprimer dans l'U.E.
en mai 2024 pour le compte
de Quidam éditeur à Meudon.